副刊文丛
主编 李辉 王刘纯

纽约客闲话精选集 一

刘倩 编

中原出版传媒集团
大地传媒
大象出版社
·郑州·

图书在版编目(CIP)数据

纽约客闲话精选集. 一 / 刘倩编. — 郑州：大象出版社，2017.1
(副刊文丛 / 李辉，王刘纯主编)
ISBN 978-7-5347-9089-8

Ⅰ.①纽… Ⅱ.①刘… Ⅲ.①散文集—中国—当代 Ⅳ.①I267

中国版本图书馆CIP数据核字(2016)第307316号

纽约客闲话精选集　一
刘　倩　编

出 版 人	王刘纯
项目统筹	李光洁　成　艳
责任编辑	董婴华
责任校对	张迎娟
书籍设计	段　旭

出版发行	**大象出版社**(郑州市开元路16号　邮政编码450044)
	发行科　0371-63863551　总编室　0371-65597936
网　　址	www.daxiang.cn
印　　刷	北京汇林印务有限公司
经　　销	各地新华书店经销
开　　本	787mm×1092mm　1/32
印　　张	9.125
版　　次	2017年1月第1版　2017年1月第1次印刷
定　　价	32.00元

若发现印、装质量问题，影响阅读，请与承印厂联系调换。
印厂地址　北京市大兴区黄村镇南六环磁各庄立交桥南200米(中轴路东侧)
邮政编码　102600　　　　电话　010-61264834

"副刊文丛"总序

李 辉

设想编一套"副刊文丛"的念头由来已久。

中文报纸副刊历史可谓悠久,迄今已有百年行程。副刊为中文报纸的一大特色。自近代中国报纸诞生之后,几乎所有报纸都有不同类型、不同风格的副刊。在出版业尚不发达之际,精彩纷呈的副刊版面,几乎成为作者与读者之间最为便利的交流平台。百年间,副刊上发表过多少重要作品,培养过多少作家,若要认真统计,颇为不易。

"五四新文学"兴起,报纸副刊一时间成为重要作家与重要作品率先亮相的舞台,从鲁迅的小说《阿Q正传》、郭沫若的诗歌《女神》,到巴金的小说《家》等均是在北京、上海的报纸副刊上发表,从而产生广泛影响的。随着各类出版社雨后春笋般出现,杂志、书籍与报纸副刊渐次形成三足鼎立的局面,但是,不同区域或大小城市,都有不同类型的报纸副刊,因而形成不同层面的读者群,在与读者建立直接和广泛的联系方面,多年来报纸副刊一直占据优势。近些年,随着电视、网络等新兴媒体的崛起,报纸副刊的优势以及影响力开始减弱,长期以来副刊作为阵地培养作家的方式,也随之隐退,风光不再。

尽管如此,就报纸而言,副刊依旧具有稳定性,所刊文章更注重深度而非时效性。在电台、电视、网络、微信等新闻爆炸性滚动播出的当下,报纸的所谓新闻效应早已滞后，无法与昔日同日而语。在我看来，唯有副刊之类的版面，侧重于独家深度文章，侧重于作者不同角度的发现，才能与其他媒体相抗衡。或者说，只有副刊版面发表的不太注重新闻时效的文章，才足以让读者静下心，选择合适时间品茗细读，与之达到心领神会的交融。这或许才是一份报纸在新闻之外能够带给读者的最佳阅读体验。

1982年自复旦大学毕业，我进入报社，先是编辑《北京晚报》副刊《五色土》，后是编辑《人民日报》副刊《大地》，长达三十四年的光阴，几乎都是在编辑副刊。除了编辑副刊，我还在《中国青年报》《新民晚报》《南方周末》等的副刊上，开设了多年个人专栏。副刊与我，可谓不离不弃。编辑副刊三十余年，有幸与不少前辈文人交往，而他们中间的不少人，都曾编辑过副刊，如夏衍、沈从文、萧乾、刘北汜、吴祖光、郁风、柯灵、黄裳、袁鹰、姜德明等。在不同时期的这些前辈编辑那里,我感受着百年之间中国报纸副刊的斑斓景象与编辑情怀。

行将退休,编辑一套"副刊文丛"的想法愈加强烈。尽管面临互联网等新媒体方式的挑战,不少报纸副刊如今仍以其稳定性、原创性、丰富性等特点,坚守着文化品位和文化传承。一大批副刊编辑,不急不躁,沉着坚韧,以各自的才华和眼光,既编辑好不同精品专栏,又笔耕不辍,佳作迭出。鉴于此,我觉得有必要将中国各地报纸副刊的作品,以不同编辑方式予以整合,集中呈现,使纸媒副刊作品,在与新媒体的博弈中,以出版物的形式,留存历史,留存文化。这样,便于日后人们可以借这套丛书,领略中文报纸副刊(包括海外)曾经拥有过的丰富景象。

"副刊文丛"设想以两种类型出版,每年大约出版二十种。

第一类：精品栏目荟萃。约请各地中文报纸副刊，挑选精品专栏若干编选，涵盖文化、人物、历史、美术、收藏等领域。

第二类：个人作品精选。副刊编辑、在副刊开设个人专栏的作者，人才济济，各有专长，可从中挑选若干，编辑个人作品集。

初步计划先从20世纪80年代开始编选，然后，再往前延伸，直到"五四新文学"时期。如能坚持多年，相信能大致呈现中国报纸副刊的重要成果。

将这一想法与大象出版社社长王刘纯兄沟通，得到王兄的大力支持。如此大规模的一套"副刊文丛"，只有得到大象出版社各位同人的鼎力相助，构想才有一个落地的坚实平台。与大象出版社合作二十年，友情笃深，感谢历届社长和编辑们对我的支持，一直感觉自己仿佛早已是他们中间的一员。

在开始编选"副刊文丛"过程中，得到不少前辈与友人的支持。感谢王刘纯兄应允与我一起担任丛书主编，感谢袁鹰、姜德明两位副刊前辈同意出任"副刊文丛"的顾问，感谢姜德明先生为我编选的《副刊面面观》一书写序……

特别感谢所有来自海内外参与这套丛书的作者与朋友，没有你们的大力支持，构想不可能落地。

期待"副刊文丛"能够得到副刊编辑和读者的认可。期待更多朋友参与其中。期待"副刊文丛"能够坚持下去，真正成为一套文化积累的丛书，延续中文报纸副刊的历史脉络。

我们一起共同努力吧！

2016年7月10日，写于北京酷热中

目　录

序　1

一　美国种种

"丑陋的美国人"　3
游历"富人国"　6
虚构的总统魅力　9
参议员的行为艺术　13
种族脸谱　17
如果山姆大叔不高兴　21
且看 21 世纪的女权运动　25

在美国　她是玛丽·居里	30
淡定	34
面子与尊严	38
诗人	42

二　书文漫话

想象年轻的庄子	47
棋子与刍狗	51
羽扇纶巾	56
诗人与名节（一）	60
诗人与名节（二）	64
诗人与名节（三）	68
诗人与名节（四）	72
知堂谈鲁迅小说	76

杨绛和钱锺书	81
金庸小说的人名	86
书衣文录	91
沉默的王小波	97
行云止水　弛中有张	101
点点胭脂红	105
古都闲话	108

三　时评杂议

牛津先生乱弹琴	115
思想的风筝	118
白短裤红趾甲	121
逼疯莫言	127
石头能让人不朽吗	131

一衣带水 134

轰炸广岛的人 137

也论月亮与臭虫 141

旗袍与开衩 145

装嫩　发嗲　犯贱 148

握手的起源 151

昭君无怨 155

李二先生是汉奸吗 158

求婚 161

钻石也是石头 164

四　纽约灯火

拍卖曼哈顿 169

孤独纽约 173

漫步纽约的作家	177
摩天"石笋"时代来临	181
纽约"穷人门"	185
"圣水"危机	189
阿凡达时代	193
硝烟弥漫的爱情	197
吉尔先生的幸福蓝领生活	202
乌拉	206
长蛇阵	210
市长传奇	212

五 故国悠悠

磬声	219
临顿桥	224

前世今生	229
一对夫妻的真实故事	234
驴话	238
四姐	244
帖缘	249
龟友	254
哭泣的老母亲	259
三过六榕寺	262
寂寞桂林公馆	266

序

2004年暮秋，相当意外，我被安排担任《侨报》副刊编辑。自从大学中文系毕业后，我已经与文学渐行渐远，更何况又是在美国。我不确知这是不是一次必然的回归，因为仅持续一年的副刊编辑经历，重新让我与文学沾黏在了一起。说实话，在当时的情境下，编辑这些文字，就仿佛在异国不期而遇一位久违的老友，是既熟悉又温暖的。也是从那时起，愈来愈远离我投身多年的财经报道，某次在电话中我和一位国内同事打趣，如今我离华尔街很近，但离金融很远。

2007年年初，我接受任务，用一个半月的时间筹备设计《侨报周刊》纽约版。当时我的第一个想法就是，这本周刊要有一个经典的专栏随笔版，如同我喜爱的《纽约客》杂志"Talk of the Town"，多一些审美情趣。和姚学吾教授在电话中谈起，他非常赞同，我对他说，我要请纽约最好的华文作家。因为时间紧，他自告奋勇，出马和作家们联络。由于他和多位纽约的知名作家交情深厚，很快第一批撰稿人出炉了，他们是：董鼎山（专栏名：随感录）、宣树铮（笔名鲜于筝，专栏：细雨闲花）、赵淑侠（专栏名：漫步寻思）、陈九（专栏名：浅酒微醉）、梅振才（专栏名：一剪梅），以及姚学吾先生本人（专栏名：西苑雅集）。征得董鼎山先生同意，版名采用了他一本书的书名"纽约客闲话"。2007年2月17日《侨报周刊》纽约版（2011年9月更名为《侨报周末》）创刊号如期出版，"纽约客闲话"首次与读者见面。因缘流转，后来陆续加入的作家有：赵淑敏（专栏名：人间潮汐）、张宗子（专栏名：兴之所至）、王海龙（笔名海宁，专栏名：曾经沧海）、朱小棣（专栏名：闲读拾偶）、任寰（笔名瓷娃娃，专栏名：都市涂鸦）、卢蜀萍（专栏名：紫蜡笔）、辛梓（笔名众小川，专栏名：浮世萤火）、蔡维忠（专栏名：美国故事）、刘荒田（专栏名：落日楼头）、陈安（专栏名：艺苑草）、顾月华（专栏名：说东道西）、谢凌岚（专栏名：金色笔记）、穆青（专栏名：莱蒙湖）、鲁鸣（专栏名：倒着活）。作者和发行的范围也扩展到纽约以外地区，这期间，人来人往，而董鼎山与宣树铮两位先生每周一篇，即使在病中和旅行时也从未中断，陪伴这个栏目走过8年多的岁月。

记得一次在纽约华埠的聚会上，一位老者拉着我的手说，每周六早上，他们都会找来"纽约客闲话"的文章读上一阵，版上的几位作家已经和老朋友一样了。何止他们，我自己又何尝不是呢？

回想这些年蛰伏在编辑部的桌案前，时光从指间流过，外部世界疾驰而去，而我却如蜗牛般，踏着极不和谐的慢步。感谢学佛给予我耐心，让我在步入中年后，终于学会不给自己预设目标，只要专心走路就好。可是，如果问我假使没有"纽约客"的陪伴，我会不会走这么久，我没有答案。

每个周一，照例是我编"纽约客闲话"的时间，心情最是放松。为了不叨扰其他编辑，读到高兴处只在心里大笑，感动得落泪，也是常有的事。

就在我编辑这本小书的时候，董鼎山先生走了（2015年12月19日董鼎山先生于纽约辞世）。在他去世的那个周末，《侨报周末》刊出了他的最后一篇文章。当时他因在家中摔倒，手术后被送往康复中心，到他去世总计三个星期。住院前，他在我这里正好预留了三期稿件。我不得不相信，冥冥之中真有天意，让一个一生以写作为最大乐趣的人的心愿得以圆满。他写到93岁，直到生命的最后一息。

没有他的这些日子里，我被一种绵绵不绝的忧伤缠绕着。不仅仅是怀念这位我所熟悉敬重的长者，我隐约感到，他的过世代表了那一代人的文学经验的远去，我们曾经受其滋养，并组成了我们自己的文学记忆。当然，我也并不悲观，在纸质媒体和文学刊物日渐衰微的今天，相信文学终究是不死的。

有关"纽约客闲话"的文章,作为编辑,自然禁不住喜爱。这些文章透露出不同层次的美国体验,也许会令国内读者感到新鲜,由于疏离国内的中文语境,作家的文字修炼更为纯粹,论说叙事,文气畅达,显出个人的审美趣味。有关散文和随笔的特色,著名散文家王鼎钧先生曾经有过非常绝妙的归纳,在此恕我借用一下。他形象地将"纽约客闲话"的散文风格分类为"土""石""沙""玉"四类。"土"散文沉实厚重,境界包容大;"石"散文奇峭多型,结构多样;"沙"散文冷酷奇幻,自成一格;"玉"散文精致细密,技术求精,内涵求美。他说仅就散文风格而言,无优劣之分。

编辑这本精选集对我来说是容易的,又是困难的。我对这个版的文章非常熟悉,可是想要从刊出的180余万字的文章中,选出10万字来,颇费了些脑筋,最先选出15万字,然后再忍痛筛选下许多好文,滋味不好过,有些作者仅有少数篇幅,还有些没有一篇文章收入本书,我在这里只好对作者们说声抱歉了。希望以后有机缘出版全本可以补这个缺憾。

依照主题，我将全书分成五个部分，由于作家们在内容和风格上各具特色，这样的编排不尽完美，却也只能暂且如此。所幸这里的每一篇文字都颇值得一读，可以补编辑的不足。

最后，我要把这本集子献给纽约客闲话版的作者们，以表达我对他们的感激与敬意。当然，我还要感谢向出版社推荐我的刘荒田先生，没有他，就不会有这本小书；感谢副刊文丛的主编李辉先生，因为他的创意填补了一项空白；感谢我供职的美国《侨报周末》提供给我这样一个平台，使得"纽约客闲话"这个园地得以展现在读者的面前；感谢我的同事编辑程旦佳多年来一直辅助我编校。希望有机会读到这本小书的读者，和我一样喜欢其中的文章。

感恩所有的好因缘。

刘倩

2016 年 2 月 13 日于纽约

一

美国种种

"丑陋的美国人"

董鼎山

40多年前,我开始趁暑假经常前往欧洲游历,参加的多是20余人的旅行团,团员中大多是退休、有钱的老年男女。那时美金价值高,到了欧洲,我们很可似富人一样地花钱。美国游客往往持一种自大而又慷慨的态度,但是他们不顾所在地礼貌习惯的行为,往往引起当地人士的蔑视,"丑陋的美国人"(Ugly Americans)称号因之而生。一般欧洲人喜欢美国游客消费，但不爱他们的傲慢。

6月旅游时节到了，今年美金跌价，纽约市政当局预测今年外国游客可达700万，乃是"9·11"以来最大的数目。美国旅欧游客已不再是"丑陋的美国人"，那让我们看看外国人来美旅行的行为。

我在Expedia旅游网站读到调查结果，一般意见认为英国游客行为态度最讨厌，但是由于近年中国游客众多，也被放入"最讨厌"者之列。这些意见来自旅游业服务人士，他们指出"小费吝啬，不排队抢前挤后"等等为"讨厌"的理由。

一般常识是，去陌生地方，举止不能随便，须注意当地礼貌习惯。伯克利加州大学一位人类学教授称，他有一学生在中国问导游对西方游客的意见。导游说法国、美国与以色列游客要求最苛刻，不同的是美国人在大声责问后，结果总会道歉，而且小费慷慨。

文化背景的不同往往引起误解。此人类学教授说，近年来遭人讨厌者不是英国游客或欧洲游客，而是中国游客。他们的行为好像是仍在本国：高声谈话，推推挤挤。旅游业人士所最乐道的是去年夏天中国游客在德国的一件逸事：整个夏季有4万中国人游历马克思出生地。小城当局未作防备，结果一团糟，弄得居民非常不快。

（2007年6月23日）

游历"富人国"

董鼎山

我此前曾写过好几篇对美国贫富不均现象表示不平的评论,最近读了一本形容富人生活的小册,满是讽刺,很觉有趣,想借此篇幅与读者分享。

书名 *Richistan*,意思是富人集居的小国,谈暴发户新富生活的荒谬。作者弗兰克乃是《华尔街日报》报道富翁情况的记者。他以为这些富人自成一国。他指出百余年前美国首富洛克菲勒家族全部财产约值今日的140亿美元，但21世纪沃尔玛(Wal-Mart)主人的财富就比他多了好几倍。美国亿万富翁于1985年估计共有13位，20年后已达到1000位。至于百万富翁之多更是不可胜数。

这些"富人国"国民生活与常人相异。他们旅行时用豪华私人飞机，有一个11岁的富家女童，想体验普通人生活，过生日竟向父母要求让她"与陌生人一起乘坐大飞机，因我要看看飞机场里面是怎样的"。通常，她一下私人飞机，就在机旁被豪华轿车接走。

根据此书作者观察，你如要成为"富人国"国民，至少须有财产1000万美金。当然，千万富翁在"富人国"只不过是穷小子。但"富人国"国民仍有势利者亟想炫耀他的财富，常用座车(奔驰牌不算数)、钻石手表(贵的价达60万美金)等等来招摇。

既有势利人物，当然也有自卑感者，特别是那些刚刚够上资格的千万富翁。这些自卑的富翁不免有"比上不足、比下有余"的感觉。在表面上他们谦虚得很，自谓财富不及别人。暴发户多是刚从中产阶级升上来的，自卑感免不了,有一位富翁告诉作者:"我讨厌多数富翁,他们都傲慢得很。"

"富人国"国民互相竞争炫耀,有时荒谬得令人发笑。在豪华私人飞机上,浴室抽水马桶上装了一个鳄鱼皮盖子,就是一个异想天开到了极点的例子。

(2007年7月28日)

虚构的总统魅力

蔡维忠

大卫·帕默是电视连续剧《24》中虚构的美国历史上第一任黑人总统,是广受民众爱戴的伟大黑人领袖。帕默的身份让人自然而然地联想到现实中的奥巴马。2015年3月,路透社发表一份民意调查,显示观众对帕默的支持率为89%。而奥巴马总统的支持率只有46%,不支持率为54%。同是黑人总统,虚构的总统显然比现实中的总统更有魅力。

路透社发表的民意调查还显示其他虚构总统的支持率都很高。例如，约书亚·巴特勒，拥有杰出的智慧、伟大的人格、坚韧的感情，为电视剧《白宫群英》的总统，取得了83%的支持率。即使作为负面形象的弗兰克·安德伍德，为人善于摆布，惯使权谋，不择手段，阴险毒辣，为电视剧《纸牌屋》的总统，也取得了61%的支持率，都超过奥巴马总统。

电视剧中的总统，经过精心塑造，把他光鲜的一面呈现给观众，因此赢得喜爱。即使人格有缺陷的总统，也坦露真性情，因而能博得相当一部分观众的认可。此外，没有政敌和不满民众整天摩拳擦掌、随时随地对他们发起攻击。所以，他们都能取得很高的支持率。

现实中的总统有时也能获得较高的支持率。例如，奥巴马总统在2009年1月刚上任时，支持率最高，为69%，那时候，美国人普遍对前任小布什总统不满，期望新任总统来开创新局面。奥巴马没有立即带来惊人的变化，因此他的支持率也慢慢往下降。小布什总统在2001年9月，"9·11"恐怖袭击后不久，取得高达90%

的支持率。但高支持率没维持多久，到2008年他即将卸任时，已经下滑到25%，惨不忍睹。比尔·克林顿总统的支持率在1998年12月达到最高，为73%。那时候正是他和莱温斯基的丑闻事件闹得沸沸扬扬，他受到国会弹劾的时候。美国民众认为克林顿把美国经济搞得很好，国会小题大做，因此反而支持他。老布什总统在1991年2月取得89%的支持率。那时，他领导各国联军，成功地打败伊拉克军队，解放了它所吞的科威特。他的支持率因为国内经济不景气而很快烟消云散，降到30%以下，无法连任。

美国总统能取得高支持率，通常伴随着他们处理重大事件而被民众认可时。但是，这种高支持率无法维持太久。而且从两位布什总统的民调看，他们是升得越高，跌得越惨。近几届总统的平均支持率都在40%~60%之间。奥巴马能维持47%的平均支持率，也算不错了。

有人说，美国的选民没记性，才把人捧到天上，又把人摔在地上。此话不错。有人会问，这样的选民靠谱吗？

美国的民主体制恰恰是依靠这些没记性的选民维持着。他们没热情给总统太久太高的支持,他们让每一个总统都懂得谦卑,不敢傲慢自大,不敢有非分之想。试想,如果有一位总统能稳定地维持着像虚构的帕默总统那样的高支持率,或者像两位布什总统一度拥有的90%或接近90%的支持率,那么,他离独裁也就不远了。萨达姆·侯赛因可是在得到超过90%的选票后当选为伊拉克总统的,他是不折不扣的独裁者。

美国真幸运,没有长期强势的总统。

(2015年6月6日)

参议员的行为艺术

蔡维忠

2013年9月24日晚上8点多，联邦参议员们大多回家了，只有特德·克鲁兹参议员还在发言。他对着空荡荡的参议院议事厅，开始把话题转到两个女儿身上。他告诉女儿，爹今晚不能陪她们了，只能给她们念儿歌。于是，他念起儿歌《绿鸡蛋和火腿》。他拿着儿歌书，花了5分半钟，把122行的儿歌念完，然后和女儿说声晚安。

这个场面虽然很温馨,但和他演讲的主题没什么关系。

当时，美国国会和总统正在角力，为财政预算争得不可开交。共和党议员们在克鲁兹的鼓动下，坚持要推迟执行奥巴马医改法案，否则不通过下一年度的财政预算。此事相当紧迫，因为如果没有通过财政预算，政府就要在10月1日关门（至少部分关门）。当时民主党占多数的参议院的议案没有绑定奥巴马医改，而共和党占多数的众议院的议案绑定奥巴马医改。两院没达成共识，则财政预算无法通过。克鲁兹演讲的主题便是反对奥巴马医改。

克鲁兹从下午2点41分争得发言机会开始，口若悬河一直讲到第二天中午12点9分，发言时间超过21小时。冗长的发言，经常被少数派用来阻挠议案的表决。这种做法在英语中有个专门的名称，叫作filibuster。根据发音，把它译作"费力把事拖"似乎更恰当。但是，这次克鲁兹的发言不是费力把事拖，因为参议院（包括他在内）已经事先一致同意，第二天的议案照常表决。

克鲁兹非常清楚，没几个参议员会在晚上乃至半夜去听他演讲，而且他费力的发言将不会对参议院的议程产生任何影响。但是，他还是要坚持下去。为了打发时间，他穿插了一些和辩论无关的内容，儿歌便是其中之一。

每当我在视频里看到他演讲的情景时，便忍不住把他当成行为艺术家而不是政治人物看待。他在半夜对着空荡荡的参议院议事厅手舞足蹈，绘声绘色地演讲的神态，只有堂吉诃德骑着马，挺着枪，向风车冲刺过去的姿态可以媲美。

那次争议导致政府部分关闭了半个月才由共和党让步而结束。当这一切都过去后，我便有闲情逸致来欣赏克鲁兹所朗诵的儿歌《绿鸡蛋和火腿》。那是我和女儿在她小时候念过的儿歌，只是我无法达到像参议员那样神采飞扬、声情并茂的境界。抛开他的政治观点专心听他朗诵，还真是蛮享受的呢。不知道他的政敌们是不是有时候也持这种欣赏的态度？

时间过去一年多了，美国的政局发生了不小的变化。在2014年11月中期选举时，共和党夺得了参议院多数。如果克鲁兹耐心地等着2015年来临，便可以以多数派身份在新一届的参议院大显身手。但是，就在年终参议院快要关门休假时，他又忘记了政治人物的身份，表演起行为艺术来。

2014年12月12日（星期五），参议院两党领袖已经达成共识，让参议员们回家过周末。这时，克鲁兹联合犹他州参议员麦克·李，出人意料地表演起占住讲台延长辩论的行为艺术，迫使参议员们星期六回来就反对奥巴马总统的移民措施投票。满怀怨气的参议员们回来投票否决了克鲁兹的议案。这个机会还意外地给民主党多数党领袖哈里·瑞德多出宝贵的一天。他利用这一天，一口气安排通过了23名政府官员和法官提名。本来星期二参议院就要关门过年，过完年就是共和党当家，这些他们不喜欢的任命可能会被永远束之高阁。

这次，克鲁兹这位反对奥巴马的旗手无意中为奥巴马送了一份大礼。他的共和党同伴们对他恨得咬牙切齿，而民主党政敌却对他表示难得的欣赏了。

（2015年2月14日）

种族脸谱

蔡维忠

一个夏日周末的下午,路边的一个男子挥手让我停车。他先表示他很喜欢寿司,然后请我把他载到附近的一所乡村俱乐部,因为他的车坏了。上车后,他又表示他是乡村俱乐部的主人,俱乐部经常向餐馆买寿司。我开始纳闷了:他怎么老提寿司呢?他在车上得意地给一位无法来接他的家人打电话说,一位中国人已经给他提供了帮助。说完他问我是在哪家餐馆。至此,我才明白他为什么老是提寿司。原来他一开始就认定我是开餐馆的中国人。现在纽约的寿司餐馆90%以上是中国人开的。看来他吃寿司吃得多了，对这个行情很了解啊。他说他喜欢寿司，是为了拉近乎，以便得到帮助。这位老兄在打心理战术呢。

总之，这位老兄在和我还没开始说话时，就已经把我定型了：开餐馆的中国人。我是中国人，这个没错；但我不开餐馆，这个是他弄错了。既然他已经给我画了个面谱，我也得对他有个判断：一个财气粗见识短的意大利裔"土豪"。财气粗见识短，是根据他的谈吐判断；意大利裔，是根据他的口音和长相判断。不一定准确。

在美国这个多族裔的国家，人们见到陌生人时，常常都会根据此人的特征（比如肤色），产生概括性的看法。这种概括性的看法叫作刻板印象（stereotype）。这种现象我早已听说过。不过，当有人把这一套应用到我身上时，就感觉不太舒服。这位老兄对我并没有什么恶意，他给我的定型也不坏，只是，我不喜欢他给我带上"开餐馆的中国人"这张脸谱，因为我不开餐馆。

那么，这种脸谱化的现象有多普遍呢？为了回答这个问题，美国广播公司（ABC）专门做了一个实验。他们把一辆自行车用锁链栓在路边的一个标记柱上，让一个白人男青年演员从工具袋里拿出锤子、锯子、钳子，使劲敲打，企图把锁链弄断。在一个多小时内，从他身边走过的人有100多个，大多没对他进行干涉。有人和他打招呼后继续走路。有人问这自行车是不是他的，他回答不是。问者听完离去。有人停下来观看时，他特意提醒人家他不是车的主人："你知道这自行车是谁的吗？"除一对夫妇外，所有的人都没有责问他，阻止他。事后广播公司采访了这些过路的人，问他们为什么没有阻止他？回答是他不像是个盗窃的人。一位浅色皮肤的黑人说："第一眼印象很重要。年轻的白人一般是不携带盗窃工具的。"

不久后，广播公司在同一个地方重演这个情景，只是换上一个黑人男青年演员在摆弄锁链。很快就有一大堆路人停下来问："这自行车是你的吗？"黑人青年和白人青年一样，坦率地回答不是。结果就受到责问：你为什么要切断锁链？你为什么要拿自行车？于是，有人提议叫警察，有人拿出手机报警，有人拿出手机照相，有人还动手来收他的工具。

不久后，出现同样的情景，只是换上一位漂亮的白人女青年演员。她同样和前面两位男青年一样坦诚，告诉路人自行车不是她的。结果，过路的男士们纷纷显示绅士风度，表示愿意帮忙。有位男士还亲自动手，帮她把锁链弄断。根本没人往盗窃上想。

广播公司把这个实验在远处录下来，展示给人们做比较。对于这个实验结果，看法可能是仁者见仁，智者见智。有人说种族歧视的根源多么深重，有人说黑人青年犯罪的概率就是大，就该受到怀疑。但作为一种社会现象，种族脸谱化真是让人大开眼界了。

（2014年8月3日）

如果山姆大叔不高兴

蔡维忠

美国是世界上最大的移民国家,每年有100万人取得永久居留权。这还不包括1000多万已经在美国的非法移民。人们为什么要像潮水般地涌到美国来?主要是为了挣更多的钱,过上更好的生活。但是,现在却有一些人甘愿放弃美国国籍。2013年,约3000人放弃美国国籍;2014年,约4000人放弃美国国籍。数目还不是很大,却呈快速上升的趋势。为什么放弃美国国籍？还是为了挣更多的钱，过上更好的生活。有钱人放弃美国国籍以后可以少交一大笔税。

放弃美国国籍后还可以回来吗？应当可以，除非美国政府要和你过不去。

我们不妨拿罗杰·佛尔这个例子来看看。罗杰·佛尔因为投资比特币（一种网络虚拟货币）挣了不少钱，在该领域小有名气，还挣了个外号叫作比特币耶稣。2014年，他放弃了美国国籍，在人口只有5万的加勒比海小岛国圣基茨和尼维斯（简称圣基茨）取得了国籍，人则主要居住在日本。

2015年1月，罗杰·佛尔为来美国开会申请签证遭拒。拒签的理由是：申请非移民者签证需要证明他们在外国有一个他们不想放弃的住所，而佛尔无法证明他和居住国的联系密切，不能保证来美后会回到该国去。换句话说，美国政府的理由是害怕他滞留美国，成为非法移民。他接连申请了三次，每次都被拒签。就这样，一个在美国出生的人，现在美国害怕他非法居留了。

美国拒签的理由成立吗？其实佛尔长期居住日本，

圣基茨只是给他发护照的地方。说他与这个小岛国关系不密切，那是事实。但说他会非法居留美国，那就没有道理了。从来都是穷人非法居留，没听说富人非法居留的。所谓非法居留只能是借口。美国还有一个法宝没有祭出来，那就是对于那些因为逃税而放弃国籍的人可以拒签。总之，山姆大叔真的不高兴了，后果也很严重了。那么，为什么它不高兴呢？

根据佛尔的说法，美国政府不愿意看到比特币失控，被坐大。比特币发明于2008年，是一种不受政府承认也不受政府控制的电子货币。政府不能控制货币，这真是很可怕的事啊！所有货币都会被用来进行非法交易，沦为犯罪工具，而比特币因为不受政府控制，更容易沦为犯罪工具，比如用于枪支和毒品交易。

但是还可能有其他原因，那就是美国不高兴有人用圣基茨护照来掩盖犯罪。入籍圣基茨对于那些移民不移居的富人（包括中国人）来说有相当大的吸引力。你不用亲自去访问，只要有40万美元的投资或者25万美元的捐款就可以得到国籍。入籍以后，该国帮你保密，而且收入也不用交税。拿它的护照到 120 个国家和地区旅行不需要签证。别人说这是买护照,但该国的发言人玩弄文字游戏,说这是取得国籍。有专家认为圣基茨吸引了不少赃钱,美国财政部更是直指该岛国的护照助长金融犯罪。

佛尔从来就不是一个安分守己的人。他曾经因为在 ebay 网上无照卖鞭炮被判刑 10 个月,外加 3 年假释。现在,他不但自己放弃了美国国籍,而且还鼓励别人也来圣基茨买护照。为此,他专门设立了一个网站,帮助圣基茨卖国籍。这应当是美国不高兴的主要原因吧。

(2015 年 3 月 14 日)

且看 21 世纪的女权运动

董鼎山

半个世纪前,20世纪中叶,女权主义运动蓬勃之时,美国妇女界有两位英雄(女英雄),一是中年的蓓蒂·弗里丹(Betty Friedan,1921—2006),一是青年的格罗丽亚·史丹乃姆(Gloria Steinem,1934—)。她们在当时的活动掀起全美妇女的解放热潮,女子放弃家庭主妇的职责而纷纷走上社会与男子竞争找职,怀孕可以堕胎,性学专家金赛等人的报告和避孕药丸的发明问世，更纵容了女子在性生活方面的自由。今天回想起来，我无法相信，我在20世纪60年代的生活是在整个社会大动荡期间度过的。

我早已将20世纪60年代称为美国社会革命时期。在那期间我也与朋友们参与反越战、争取黑人人权的运动，同时参加女权主义、争取性自由乃至嬉皮士音乐会等各种活动。而我觉得对人类历史（至少在美国）影响最大的还是女权运动。

特别是受过大学教育的女子们，她们不愿关在家相夫教子，也要去社会上打出一片天地。当时替她们代言的就是弗里丹与史丹乃姆，前者于1965年出版了一本《女性的奥秘》（*The Feminine Mystique*），一时成为当时女性必读的圣经，后者于1969年编辑了一本名叫 *MS.* 的杂志宣扬女权。它与时兴的专谈家务、烹调、时装的妇女杂志形成对峙（MS.一字也进入词典，成为Miss与Mrs.合成的代名词）。

今天我们再来谈论21世纪的女权运动，是为纪念《女性的奥秘》出版50周年。半个世纪以来，女性几乎达到与男性完全平等的地位，国会参众两院内女性议员增加，工商界大企业中CEO（所谓"首席执行官"）女性数目之多，都是上述两位妇女运动先驱努力的成果。

弗里丹与史丹乃姆都是犹太家庭出身（史丹乃姆的父亲是犹太裔，母亲是德裔）。我之所以提出此点，只不过是要表明犹太民族思想先进，智慧优越。但是犹太民族也存在一般的重男轻女风气。弗里丹愤而脱离夫君，写出一本张扬女权主义的巨作乃是因为遭受丈夫殴打。她在1963年的"女权宣言"中有言："女性花了前半个世纪争取女权，又花了后半个世纪困惑她们到底要不要女权，这是女人心理的奥秘，现代女性要去除的就是这类所谓'快乐的家庭妇女'的理念。"弗里丹在离婚后因此书成名，受到现代女性拥戴，进而开创了女权运动的新纪元。她的活动甚至受到保守的联邦调查局（FBI）的注意，局中存有她的档案。当时社会上任何进步活动都被政府扣上"左倾亲共"的帽子。其实犹太知识分子的思想是受到了前辈反纳粹思想的影响。

史丹乃姆在女权运动时代的出现，曾遭到弗里丹嫉妒。主要因为史丹乃姆年轻漂亮，抢了弗里丹的风头。史丹乃姆是女记者出身，曾在当时刚面世即流行起来的《纽约》杂志周刊任职。某次她乔装打扮，前往花花公子俱乐部（Playboy Club）应征女侍者，她们着兔装，露肩裸腿，为前来夜总会取乐的富有男人服务（他们在取到酒杯后不免摸摸"兔子"的屁股）。兔女郎的小费极为丰厚。史丹乃姆以她的亲身经历写了一篇报道。这类报道引起广大读者的注意，《花花公子》杂志老板最后不得不在众目睽睽之下关闭俱乐部（当时男子不敢前往这种场所取乐，以免被责骂为蔑视女性）。

不久前，公共广播电台（P.B.S.）曾因纪念《女性的奥秘》出版 50 周年播出了一个记述过去半世纪女权运动的节目，最让我惊讶的是，当年波士顿马拉松长跑比赛甚至不准女子参加。最令我气愤的镜头是：一个初次破例参加长跑的女子竟被长跑主持人一把抓出，高声说："我不要你参加我的马拉松！"新闻传出后，在公众舆论指责下,此后任何马拉松赛事都允许女性参加。

不过半个世纪前的女权运动似乎并没有完全解决21世纪女性自由的问题,在今日,有些职业单身母亲怀孕生育仍享受不到产假或在上班期间的托儿服务。日前一件惊人新闻:雅虎公司新总裁甚至下令工作人员必须坐班,不准在家用电脑工作,而这位新总裁自己是刚生了儿子度过产假的新女性!

(2013年3月10日)

在美国　她是玛丽·居里

陈　安

古今名人的传记往往不止一部，不止一种语言、一个版本。爱因斯坦传记有多部，玛丽·居里也是，今年又有一部问世，书名《她是玛丽·居里》（*Making Marie Curie*），由芝加哥大学出版社出版。

我们都知道一个古今中外最富灵感的女科学家，一个因发现放射性物质镭和钋，两次获得诺贝尔奖的物理学家、化学家，大家都习惯称她为"居里夫人"（Madame

Curie），以为这是对她的尊称。其实，新传记作者、瑞典学者伊娃·沃尔顿指出，"居里夫人"是法国给她的"封授"，而在美国，她被称为"玛丽·居里"。这是两种不同的称呼，"居里夫人"是贬称，称她为"玛丽·居里"才表示对她的尊重。

了解一下玛丽·居里的遭遇，我们就会同意作者的这个观点。事实上，不论发现放射性物质或提炼出镭和钋，主要都是玛丽·居里一人的功绩，其丈夫皮埃尔·居里只是其助手，另一个联名获奖者贝克勒尔只起引荐作用，可这位贵族科学家却说："居里夫人的贡献是充当了皮埃尔·居里先生的好助手，这有理由让我们相信，上帝造出女人来，是配合男人的最好助手。"玛丽·居里后来曾亲自声明："关于镭和放射性物质的研究，完全是我一人独立完成的。"她对自己的女儿（也曾获诺贝尔奖）说："在由男性制定规则的世界里，他们认为，女人的功能就是性和生育。"

居里因车祸去世多年后，玛丽·居里曾与著名科学家保罗·兰捷文相恋（后者妻子粗鲁野蛮，曾用重物击伤他的头部），她因此长时期受到羞辱、谩骂，有人还落井下石、添枝加叶。沃尔顿在传记中写道：1911年末，巴黎媒体报道说，居里夫人与其已婚同事兰捷文一块儿离开巴黎，这确有此事，但他们是前往布鲁塞尔出席会议，与爱因斯坦、普兰克一起商讨为量子物理学奠定基本理论，而记者却说，这是"一个诡计多端的外国女人"（玛丽·居里生于波兰），"使用科学手段破坏正当的法国婚姻"。当时有许多人为玛丽·居里辩护，兰捷文甚至多次提出要与毁谤者决斗以维护她的声誉。

在美国，玛丽·居里却是人们（尤其是妇女）心目中的"圣人"。1921年春，她接受纽约女记者米西·梅罗尼的邀请访问美国，"美国妇女"组织为她募集了10万美金，供她继续从事科研之用，约有1000名捐款女性在梅罗尼的《镭书》上签字，表示对玛丽·居里的爱和尊敬。胡佛总统夫人也赠给她一大笔款，汽车大王福特的儿媳妇则送给她一辆汽车。沃尔顿写道："美国妇女既将玛丽·居里视为科学圣徒，也把她当作自己人中的一员。"

玛丽·居里从不觉得自己"神圣",而始终视自己为"自然之子"。她说:"实验室里的科学家不仅是一名技术员,也是一个面对自然现象的小孩子,自然现象就如童话故事一般使他铭记难忘。"她完全献身给科学,终因过多接触放射性物质,罹患恶性贫血症去世。

(2015 年 9 月 19 日)

淡　定

蔡维忠

2013年5月18日,敏蒂·克兰德尔在排队买彩票,一位84岁的老太太插到了她的前面。她女儿提醒她说有人插队,她不在意。卖彩票的店员特意把老太太拦住,让敏蒂先买。但是敏蒂谢绝好意,还是让老太太先买。这一让不得了,老太太买的彩票竟然中了5.9亿美元的超大奖!

5.9亿是什么样的数字呢?以前的彩票常常是一两

百万美元，中奖的人就被吹捧成百万富翁。现在彩票头奖越滚越大了，不时能达到上亿。5.9亿就是590个百万，反正是大得普通人无法真正掂量的数字。本来有个机会可以赢得这一大笔钱，现在眼巴巴看着别人拿走了，心里会是什么滋味呢？

众多媒体记者自然不肯放弃这么一个好机会。他们赶去采访敏蒂，要看看一个人与如此巨大财富擦肩而过后是如何悔恨交加。但是敏蒂的反应却是出乎意外的安然。她说她对此事毫不后悔，还真心祝福老太太一家过上好日子。她真的是不在乎，说话时脸上露出坦然的微笑，透露出一身轻松的感觉。

中彩票可是考验人的事，很多中奖的人硬是无法超越自己的心理障碍。他们被突然从天而降的所谓百万富翁的身份弄得飘飘然，无法踏踏实实地生活，有的很快把钱花光，有的倒欠了一身债，有的弄得众叛亲离。

杰克·惠特克是个很典型的例子。他于2002年12月中了3.15亿美元的头彩，那在当时是美国有史以来最大的头彩。他一次性取出，经过折扣，加上扣税，实际拿到手的是1.1亿美元。他当时55岁,是西弗吉尼亚州一家建筑公司的老板,已经是百万富翁了。如果没得奖,他的一生应当过得挺富足满意的。刚开始,他把一部分钱捐了出去,说明他还是个心地善良的人。后来,他开始挥霍,经常酗酒,经常光顾脱衣舞夜总会。他还卷入几件官司,其中一件是因为对一位女士非礼被告上法庭,另一件是他外孙女的男朋友因在他家吸毒而死亡。每件官司都让他赔偿不少。他还在赌场输钱欠了150万美元。他对钱满不在乎,经常随身携带大量现金。为此被人偷去了几十万美元现款。最后,他干脆声称银行的存款全部被人取走了,身无分文。中彩票4年后,他的财富全都花光了,输了官司的钱付不起。更有甚者,外孙女在他的娇惯下吸毒身亡,女儿去世,妻子和他离婚,可谓家破人亡。想起不堪回首的往事,他真后悔当初没把那张彩票撕掉,他真希望一切能够从头再来。

杰克不是例外。其实,赢得彩票的人有70%在几年之内便把钱全撒光了。他们没有脚踏实地的坚强的心理素质,被彩票那巨大的浮躁力连根拔起,然后重重摔下。

敏蒂从未后悔失去了赢得头奖的机会。她拥有许多人所缺少的对财富淡然处之的定力。头彩真该让她赢,因为她会比一般人更有能力来抗拒各种各样的诱惑。

(2014年1月5日)

面子与尊严

蔡维忠

汤姆·帕罗米曾是公司的高级主管。现在,他已经77岁了,却在干着烤汉堡包、抹地板之类的低收入工作。他的人生轨迹是如何运转到今天的呢?

1977年,41岁的汤姆当上了库珀公司副总裁。作为大公司的高级主管,他的年薪有10万美元,他经常坐头等舱乘飞机穿梭于美国、英国、瑞典、德国等地,周末则与其他高级主管打打高尔夫球。可是,当库珀公司决定于1980年从新泽西搬迁到加州时，他面临人生重大抉择。为了职业，他应当随公司搬到加州。可全家就得搬到人地生疏的他乡。为了家庭，他决定离开库珀，留在新泽西单干。库珀公司是一家大型医疗保健公司，现在拥有雇员8000多人，年销售额13亿美元。如今几个主要副总裁的年薪都在百万美元以上。如果汤姆继续在库珀公司待下去，年薪也会逐年上升，收入应当是相当可观的。他离开库珀后，虽然辗转经营，有些收入，但已经不如从前了。

汤姆尽心尽力地维持着一个美好的家庭。可是，1983年，妻子死于车祸，使他遭受重大打击。当时正在上大学的女儿要弃学回来照顾两个弟弟。他没答应，而是自己承担起既当父亲又当母亲的家庭重任，让女儿安心继续念完大学。其后，他又支持两个儿子上完大学。

即使在子女成人后，他也一如既往地尽力支持。2000年，他64岁时，以18万美元的价钱卖掉了新泽西的房子，自己搬到佛罗里达住进一栋价值2.5万美元的小型移动房屋。他把卖房子所得的钱分给子女，让他们能够各自买房。他觉得这笔钱就算是提前留下的遗产了。至此,他为家庭子女做了他所能做的一切。

他忙碌一生,却忘掉了一件特别重要的事情。他没有给自己留下多少积蓄,来享受晚年。2008年,当金融风暴袭来时,他一生所积蓄的9万美元顿时缩水过半,剩下4万美元。真是雪上加霜。

子女邀请他搬去同住,他没答应。他很自信拥有养活自己的能力,也很珍惜拥有属于自己的生活空间。他喜欢继续自己一个人过活。两年前,他已经76岁了,却找了两份工作做。一份是在仓储商店做食品展示工作,每小时收入10美元;另一份是在高尔夫俱乐部烤热狗和汉堡包,每小时工资不到10美元。每天站着干活,最后还得清理烤炉,清扫地板。他每月收入1400美元,相当于法定最低工资。

他每月可以领到1800美元社会安全金和退休金。靠这点钱过活确实很拮据。而这额外的1400美元的收入,使得他手上有点余钱,可以买机票去看望儿孙,有时还可以外出旅游。

他三十几年前一天的工资相当于现在一周的收入。现在库珀公司副总裁一天的工资,则相当于他现在几十天的收入。他自然意识到这个巨大反差,但没有耿耿于怀,而是坦然接受,因为这一切都是他自己的选择。过去只是过去,而现在他还能工作,他已经很满足了。

别人到了 70 多岁这个年龄,早就干不动了。汤姆则为拥有健壮的身板而得意。别的老人即使干得动,也不愿拉下脸面去干粗活。汤姆则完全没有这种心理负担。他觉得自己挣钱,独立生活,不靠子女,特有尊严。

(2014 年 1 月 12 日)

诗　人

瓷娃娃

美国最著名的女诗人艾米丽·狄更森（Emily Dickinson）的家在麻州一个风景幽美的小镇上，乳白色的房子掩映在浓绿的树荫里，我们度周末的地方就在她的故居对面，听到门铃萨沙就一阵风似的跑来了，火焰一样卷卷的红色短发，硕大的耳环叮咚响，大大的裙摆掀起一阵风。

萨沙是朋友母亲年少时的密友，我在朋友妹妹的婚礼上和她一见如故。萨沙原名苏珊，是个新泽西姑娘。

父亲的宠爱和熏陶让这个多才多艺的姑娘快乐得像自由的小鸟。父亲在她18岁时过世,苏珊悲痛中抓住了另外一个男人的手,嫁了他,并跟随他去了阿拉斯加。两年后苏珊再次返回东海岸,离开了冰冷的极昼和冻坏了的婚姻,只带回一个温暖的小婴儿。小婴儿很快长成个多病、坏脾气、神经质的男孩子。为了他能健康成长,受良好教育,苏珊含辛茹苦、绞尽脑汁。

苏珊改名萨沙,她做各种工作来支撑家。画画,写诗,设计制作首饰,开班教授土耳其肚皮舞。她没有钱,但有一双能发现美的眼睛,她能从跳蚤市场、车库甩卖和别人的垃圾中找到有用的东西,变废为宝,加工成各种艺术品。她开了几十年的吉普赛人小店成了当地的特色景点。

萨沙帮我挑了个城里很火的日餐自助餐厅,等在那里和我们共进晚餐。我们还没到萨沙就打来电话,说今天太幸运了,猜我在餐厅碰上了谁?我儿子!打圣诞节之后我还是第一次看见我的宝贝呢!坏脾气男孩如今40岁出头,是家食品研究机构的高层了,带了漂亮女友,谈吐得体。餐后结账,我们付完自己的,见高层对着账单发呆，萨沙掏出信用卡来，高层说：我刷卡吧，你最好给我现金。

因为精力有限，萨沙的小店去年关张，她把过去住的房子低价转给了儿子，靠政府养老金生活，搬进一个半地下的公寓。公寓是小店的微缩版，从门厅到卫生间各处都摆满了萨沙式的收藏品。她儿子只来过一次，嫌这里旧货太多，他看了头疼。"他太忙了，事业很成功，还去白宫讲授营养学呢。"去白宫讲授营养学的高层拒绝为母亲付晚餐17块钱的账单。

那次婚礼萨沙带去的礼物让每个人都爱不释手：一首她写的诗和她采集花草精心调制的吉普赛香料"爱的魔法"，祝福每个人都可以和心爱的人感受爱的香氛。

从萨沙满布着诗作、速写画和待加工首饰零件的工作台的窗口望上去，可以看到艾米丽·狄更森的家。艾米丽一生独身，甚至很少走出自己的家门。I asked no other thing, No other was denied.（我别无所求，也无可被否。）艾米丽一声叹息。

（2010年7月24日）

二

书文漫话

想象年轻的庄子

张宗子

庄子说,自由的要义在无待。无所依傍,完全自主。所以,蓬间小鸟固然不自由,云程九万的大鹏,御风而行的列子,也不自由,他们都借助了外物。庄子又说了,就算你想有待,"其所待者特未定也",还是靠不住。你不能指望像戏台上的诸葛亮那样,临到火烧眉毛,只好仗剑借风。道化为物,纷纭复杂,难以尽知。道之本体,却单纯透明。人从简单一面看世界,则世界实在很简单。

四十岁前，人看世界，是累累叠加。四十岁后，是删繁就简。入眼的事物越来越少，终于慢慢归向清静。

著书立说时候的庄子，洞观世相，冥思人生，不必活到两百岁，实在已经成精。立足于最低的出发点，结论于溟漠渺茫之处。庄子的墙上画了太多扇装饰的假门，以至于很多人以为进去了，其实还在门外，有人步子太急，不免撞痛了头，有人已经拉开了门，却以为无路可入。

和庄子对谈是我一生的消遣。庄子是一条长长的走廊，我愿意在任何地方停步，注目良久，或轻轻一瞥。我把自己的年龄叠加在他的年龄上，把玩彼此的异同。我渐渐看到了晚年庄子的清晰面孔，同时向更远的过去追溯。

我想象庄子年轻时候是什么样子？假如那时他留下文字，会是什么样的风格？

即如一般人所说，《庄子·内篇》出自其手，那已是成熟时期的作品，代表他的晚年定论，所以思想是一贯的、纯粹的，没有杂质。他对自己的所知所得没有怀疑，思考愈深，愈觉那些结论的必然。伟大的思想家总是给人留下想象的余地，留下一些看似漏洞的地方，其实那正是机智所在，精义所在。一件事物只有不圆满才有继续存在的理由，留下一个缺口才使它不受局限，能够永远成长。宣称自己是绝对，是终极，也就等于宣布了自己的死亡。此后尽管绵延，不过行尸走肉。我们看到的庄子，坐在水边或山崖，是一个老人。我们知道他走了很长的路，却不知道他经行的路线。我们不知道他休息于何处，犹疑于几时。他是义无反顾，还是辗转徘徊。他离开家乡很远了，还是始终坐在门口。大袖飘飘的庄子也应该有个仗剑纵横天下的时代吧，有个陷于各种情感而痛不欲生的时代吧。他的豪气化为文字，他的痴情发为歌吟，是《诗经》一路还是《楚辞》一路？对于爱情他会怎么说？对于个人理想和苦行僧式的磨砺，他会怎么说？他一定是个崇尚天才的人，因为心智始终是一切的根本。怕的是智不足以驱除魔障，而恰恰成了培育魔障的沃土。

我曾经在《庄子》外杂篇里试图寻找青年庄子的痕迹，我没有找到。我找到的片断，仍是晚年的他。唯一可疑的是《说剑》，这是最接近青年庄子的文字了：一个充满自信的人，一个口若悬河的人，一个嬉笑怒骂皆成趣味的人，同时，一个还相信世界不妨是英雄用武之地的人。

庄子在最复杂的时候仍然保持了单纯，干净得像一滴水。而在青年时代，他也曾充满了愤怒。那时他信心不足，时刻想着逃避。老子说过一切大患在于肉身，这句话一度使他沉迷于幻想，后来他才领悟到，那不过是一个比喻。他觉得永恒并非不可能。乘天地之正，御六气之辩，以游无穷。人摆脱束缚，只是一个心灵，只有单纯的形式。

他说登天，还是他的逍遥游吧。白云之乡云云，不知是否真的这么想，但我只当也是比喻。自由狂放的瞬间，有一刻也是好的，生活毕竟不是全部细节的叠加，是那些自己喜欢的瞬间的总和。

你看，归根结底是美好的。

（2014年1月26日）

棋子与刍狗

张宗子

《堂吉诃德》第二部第12章,两位主人公有一段关于演戏的对话。堂吉诃德说:"戏剧演员的衣着服饰若是做成真的就不合适了,只能做假的。这就同戏剧本身一样。""没有任何东西能像戏剧那样,表现我们现在的样子和我们应该成为的样子。在戏剧里,这个人演妓院老板,那个人演骗子,这个人演商人,那个人演士兵,有人演聪明的笨蛋,有人演愚蠢的情人。

可是戏演完后,脱下戏装,大家都是演员而已。"

堂吉诃德接着说:"戏剧和现实一样。这个世上,有人当皇帝,有人做主教,一句话,各种各样的人物充斥着这部戏。不过,大幕落下之时,就是人生结束之日。死亡将剥掉把人们分为不同等级的外衣,到了坟墓里,大家就都一样了。"

桑丘说:"这类比喻我已经听过多次,譬如说人生像一盘棋。下棋的时候,每个棋子角色不同。可是下完棋,所有棋子都混在一起,装进口袋,就像人死了埋进坟墓一样。"

读这段对话,使我想起老子的名言:天地不仁,以万物为刍狗。

刍狗一词已经进入英语,译作"草狗"(Straw Dogs),古代祭祀时用草扎成的狗。萨姆·佩金帕1971年的同名电影,使这个词迅速流行开来。在影片里,"草狗"有微贱和行尸走肉的意思,近似"草民"而意思更深一层,相当于"苟活的草民","浑浑噩噩的草民"。魏源解释刍狗说:"结刍为狗,用之祭祀,既毕事则弃而践之。"英语大约取意于此。

《老子》的注释是先秦经典中最复杂的,刍狗这一段自不例外,关键的分歧在"不仁"的"仁"字。仁者爱人,仁的本义是"亲爱"。但老子的话,如果解释"仁"为"仁爱",含义就单薄了。苏辙《道德真经注》释"仁"为不偏私,虽非创见,却是最准确的。我看过几种英译本,采纳的是他的注解。苏辙说:"天地无私,而听万物之自然,故万物自生自死,死非吾虐之,生非吾仁之也。譬如结刍以为狗,设之于祭祀,尽饰以奉之,夫岂爱之,时适然也。既事而弃之,行者践之,夫岂恶之,亦适然也。圣人之于民亦然,特无以害之,则民全其性,死生得丧,吾无与焉。虽未尝仁之,而仁亦大矣。"大意说,天地对于万物,生老病死任其自然,不加干涉,虽然并未施以仁爱,体现的正是大仁大爱。

苏辙还写了一首《土牛》诗,进一步阐述他的观点:"天地非不仁,万物自刍狗。土牛适成象,逡巡见屠剖。田家挽双角,归理缲丝釜。生无负重力,死作初耕候。碎身本不辞,及物稍无负。君看刘表牛,岂脱曹公手。"

顾颉刚《浪口村随笔》说："夫万物当春而荣，当秋而杀，而不任其常荣，此天地之不仁也。百姓得其时则富贵，不得其时则贫贱，而不任其常富贵，此圣人之不仁也。"又说："重自然之变化，轻人为之矫揉，诚道家之中心思想。"

苏辙说大仁，顾颉刚说不仁，意思一样：重自然，轻人为。

注《老子》最有名的王弼，此处却犯了一个错误，他以为刍狗是两种动物，因此发挥道："天地不为兽生刍，而兽食刍；不为人生狗，而人食狗。无为于万物而万物各适其所用，则莫不赡矣。"顾颉刚因此猜测说，王弼不知道刍狗即草狗，估计到晋朝时候，已经没有刍狗之祭了。

这个猜测恐怕大胆了些，唐人刘禹锡的《汉寿城春望》诗中有一句"田中牧竖烧刍狗"，牧童在田间烧草狗。假如是实写，那么，用草狗祭祀的习俗在唐朝依然存在。

《庄子·天运》篇很生动地描写了刍狗在祭祀前后的身份变化："夫刍狗之未陈也，盛以箧衍，巾以文绣，尸祝齐戒以将之；及其已陈也，行者践其首脊，苏者取而爨之而已。"庄子大概是想说，用过的刍狗，想重温祭祀前的荣华之梦，恐怕是不可能的吧。

"以万物为刍狗"，老子要说的，实际上就是桑丘所说的：下棋之时，有王后、骑士、主教之分；下完棋，棋子入盒，最有权势的后，价值最小的兵，就都是一枚棋子而已。

这就是天地的仁，也是天地的不仁。

(2014年12月13日)

羽扇纶巾

张宗子

历来注东坡的《赤壁怀古》词,注到"羽扇纶巾",不免众说纷纭。早些年,因为三国故事深入人心,刘逸生写《宋词小札》的时候,这里还要插一句,说根据词意,头戴青巾手摇鹅毛扇的,不可能是指诸葛亮。以后当然不再有这样的误解,但羽扇纶巾究竟何指,多数选本含糊带过,只说是当时儒将流行的打扮。这样说不算错,但等于什么也没说。有的注者在儒将的意思上更进一步,发挥成"在野的装束",虽然饶富诗意,却是谬之千里。我看过一种最要言不烦的解释,说羽扇,言其指挥若定;纶巾,言其名士风流。这说得多好。

纶巾问题不大,有疑难的是羽扇。诸葛亮的例子在前,羽扇向被当成军师的象征,说某人是"背后摇鹅毛扇的",意思是他在幕后出谋划策,作为政治语言,极具贬义。其实这错了。周一良先生研究魏晋南北朝史,写过一篇《"羽扇纶巾"考》,以大量材料,无可辩驳地说明,"白羽扇为指挥军事战斗之标帜"。

周先生先举《晋书》顾荣传的例子:"荣麾以羽扇,其(指陈敏)众溃散。"《资治通鉴》记载此事发生在二月,可见手挥羽扇不是为了取凉。其次是裴启《语林》说诸葛亮:"乘舆葛巾,将白羽扇,指麾三军,皆随其进止。"可见诸葛亮也用羽毛扇指挥。《陈书》的《高祖纪》里说:"公赤旗所指,祅垒洞开,白羽才拂,凶徒粉溃。"萧绎《金楼子》序:"而侯骑交驰,仍麾白羽之扇;兵车未息,还控苍兕之军。"还有《魏书》的《傅永传》,记载傅永在豫州打败齐将裴叔业,缴获对方的"伞扇鼓幕甲仗万余"。傅永打败裴叔业，发生在十二月，这再次证明，缴获的扇，确实不是取凉用的。

周先生说：汉画像上有人手持形似羽扇之物，旁边注明"齐将"，说明用白羽扇指挥战斗的习惯，后汉以来就有。之所以用白色的羽扇，是因为颜色鲜明，容易识别。这个意思，宋人程大昌在《演繁露》里就已经说过了。

周先生发现，古代日本也有类似的情况："日本古代两军对阵时，大将手执以指麾进退者，有所谓'军配团扇'。系铁、皮革或纸质葫芦形，下附铁柄，上涂以漆，用泥金绘有日月星辰等。又有所谓'军扇'，系铁骨红色纸折扇，两面分绘日月形。唯未有用白羽扇者耳。"

周一良的考证解决了羽扇的疑问，我这里只能补充小小一点。周先生说，根据见到的材料，执扇指挥作战，或自后汉开始。这是很严谨和稳妥的结论。不过在《庄子》一书中，也有一条资料可供我们参考。此条见杂篇中《徐无鬼》："市南宜僚弄丸而两家之难解，孙叔敖甘寝秉羽而郢人投兵。"

郭象注："此二子息讼以默，澹泊自若，而兵难自解。"《庄子集释》说宜僚是楚国勇士，他的故事暂且不论。孙叔敖甘寝秉羽，成玄英疏："叔敖蕴藉实知，高枕而逍遥，会理忘言，执羽扇而自得，遂使敌国不侵，折冲千里之外。"《庄子集释》读罢注疏，我们觉得这话太熟悉。为什么？因为和《三国演义》第八十五回"诸葛亮安居平五路"的故事如出一辙。

庄子书中多寓言，孙叔敖的故事不见得是真的。但手持羽扇，运筹帷幄，制敌千里的形象，很可能有现实的影子。学者多认为《庄子》杂篇非出庄子之手，是其门生所作。即便如此，时代也不会晚于战国。据此，再加上汉画像上的"齐将"，执扇指挥作战的习俗，也许在先秦就有了。

（2013 年 9 月 15 日）

诗人与名节（一）

鲜于筝

瞿秋白给鲁迅的信里说过：诗写到唐朝就写完了。其实宋、清两代都出了一些大诗人。宋之王安石、苏轼、黄庭坚、陆游，清之吴伟业、钱谦益，都不在唐人屋檐之下。

我喜欢吴伟业的诗，尤其是七言古诗，读他的《圆圆曲》《听女道士卞玉京弹琴歌》《怀古兼吊侯朝宗》……就像走进了明清之交金瓯破碎、生民流离、俯仰身世、悲风怨雨的历史。吴诗凄艳苍凉缠绵悱恻的情韵意境，让你感到美得晕眩，这是我读别的诗很少能感受到的。

吴伟业，号梅村，苏州太仓人。明崇祯四年（1631），梅村23岁，以会试第一、殿试第二（榜眼）而入朝为官，朝野注目。二十年前我去过太仓，吴梅村的老师，复社领袖张溥的故居已经开放，但梅村的遗址却无迹可寻。

中国的读书人，所谓士，一向看重名节，视不食周粟的伯夷叔齐为楷模，何况明清易代是满人入主中原！甲申（1644）之变，消息传来，梅村痛哭，准备上吊自尽，被家人发现。梅村的生母抱着他哭道：儿死了，撇下我们老人怎么办？

清初统治者急于拉拢读书人为其所用，对梅村这样有影响的江东文坛领袖尤为重视。顺治十年（1653），朝廷下诏征召梅村入京做官。去还是不去？去，毁了名节。不去，一家老小怎么办？上有高堂，下有妻妾弱女，还没有儿子（梅村的三个儿子都是50岁以后所生），

"不孝有三，无后为大"，这是心病。事无两全，百般无奈之下，于秋风落叶时节郁郁北上。沿途写了一些流露内心痛苦与挣扎的诗，过南京时写了七律《自叹》，起首两句就是"误尽平生是一官，弃家容易变名难"。《过淮阴有感》中所说"我本淮王旧鸡犬，不随仙去落人间"，则是对自己"失节苟活"的自责。梅村在北京做了两年官，第三年升国子祭酒（国立大学校长），恰逢伯母病逝，就执意回太仓老家，这年梅村47岁，从此隐居终老。

吴梅村就因为做了两年清廷的官，至死不能原谅自己。他在给儿子吴璟的"疏"中说：世运嬗变，按说不该出去做官，然而掉不下一家老小骨肉，迫于无奈，以致"失身"，这是要被后世读书人耻笑的万古惭愧事。在生前留下的最后一首词《贺新郎 病中有感》中，梅村写道："……吾病难将医药治，耿耿胸中热血，待洒向西风残月。剖却心肝今置地，问华佗解我肠千结？追往恨，倍凄咽。"他交代自己的后事："吾死后殓以僧装，葬吾于邓尉灵岩相近，墓前立一圆石，题曰：诗人吴梅村之墓。勿作祠堂，勿乞铭于人……"不着官服，僧装入殓，非明非清。只想以诗人之身面对后人："吾诗虽不足以传远，而是中之寄托良苦，后世读吾诗而知吾心则吾不死矣。"诗人活在诗中。

二十年前的早春，我去了苏州近郊邓尉，正是"香雪海"梅花吐蕊的时节，探梅之余也想一探"诗人吴梅村之墓"。结果很失望，问司徒庙里的和尚，对方连吴伟业何许人也茫然。我在小山坡上的梅林中踯躅，冷香袭人，石壁上刻着康熙所题"香雪海"三字，当年江苏巡抚宋荦的手迹。宋荦也是明清之交的人，不过清兵入关时他才 11 岁，没在明朝得过功名做过官，是下一代的人，也就没了"名节"的困窘，可以放心做清朝的封疆大吏了。世事原本如此！

（2008 年 11 月 1 日）

诗人与名节（二）

鲜于筝

古代诗人中，诗作被人称为诗史的，除杜甫之外，还有两位：《湖山类稿》的作者宋元之际的汪元量，以及明清跨代的钱谦益。陈寅恪说钱谦益的《投笔集》"实为明清之诗史，较杜陵犹胜一筹，乃三百年来之绝大著作也"。

清初诗人有所谓江左三大家：钱谦益、吴伟业、龚鼎孳。钱谦益七律最工，无人能出其右；吴伟业则以七古独步；龚鼎孳有才情，但在钱、吴之下。这三大家身处明清易代之际，"名节"都有缺损。吴伟业就因为被迫在清廷做了两年官，至死都在追悔自责中。钱和龚虽是主动降清，但心头潮起潮落却依然是故国之思，龚鼎孳在《润州》（镇江）一诗中道"乱后江声犹北固，坐中人影半南冠"，可以听出激昂的心声。

钱谦益（1582—1664），号牧斋，明万历三十八年（1610）探花出身。但仕途落寞，崇祯登基，才擢升礼部右侍郎，不久又遭排挤，革职还乡。钱谦益是江苏常熟人。常熟离苏州很近，六七年前，我去常熟看中学的同学，在曾家花园喝茶。曾家花园是《孽海花》作者曾朴的故居。没有见到钱谦益的遗迹，问同学，他也摇头。但后来有学生告诉我，常熟有钱谦益、柳如是的墓，学生打的经过，问司机才知道，还特意下车凭吊了一番呢。

在清入关前的60多年中，钱谦益一直不能施展抱负。但有一件事足以抵得上大半生的坎坷。1640年，22岁的柳如是着男装到访半野塘，神情洒落,气质娴雅,有林下风。58岁的钱谦益为之倾倒。第二年钱柳成婚。在此后的20来年中夫妻相依,走完了风雨萧瑟的人生路。

崇祯死后,南都(南京)马士英一伙人拥戴福王,钱谦益应诏就任礼部尚书。一年后,清兵渡江,柳如是劝钱谦益殉节,钱不愿意,柳奋身想自投池水中,却被丫鬟死死抱住。结果钱谦益与几位大臣率先迎降,清廷授予钱谦益礼部侍郎管秘书院事,修明史副总裁。钱降清后,曾在大门上贴出一副对联:"君恩深似海,臣节重如山。"后来有人在"海"字后加了个"矣","山"后加了个"乎"。有一回钱谦益穿了满人冠服出门,路上碰到一位老人,老人用手杖敲他的头说:"我是个多愁多病身,打你这倾国倾城貌(帽)。"

钱谦益为官6个月后,即告病归故里。但他不像吴伟业从此隐居终老,而是冒险犯难参与了秘密的反清复明活动。1649年黄毓祺舟山起兵,钱谦益派柳如是海上犒师。1649年钱谦益给桂林瞿式耜密信,策划抗清大计。1660年郑成功、张煌言合兵17万进长江、攻南京，且屡败清兵，钱谦益大为振奋，慨然有从戎之志。遗憾的是郑成功功败垂成，在这前后钱谦益陆续写了《后秋兴》七律104首，命名为《投笔集》。

我是40多年前在新疆教书时，从一个校友也是同事那里读到《后秋兴》的，还将其中一首写成字轴挂在办公室墙上："海角崖山一线斜，从今也不属中华。更无鱼腹捐躯地，况有龙涎泛海槎。望断关河非汉帜，摧残日月是胡笳。嫦娥老大无栖处，独倚银轮哭桂花。"悲愤哀惋，寄托遥深，真是好诗！

钱谦益被收入清乾隆敕编的《贰臣传》。乾隆说他："平生谈节义，两姓事君王。进退都无据，文章那有光。"但我倒觉得唯其"进退都无据"，才使他写出这些耐人咀嚼的诗歌。名节会弃置，诗歌却长存，不是吗？

（2008年11月15日）

诗人与名节（三）

鲜于筝

南京秦淮河算得上是中国历史上最旖旎温柔声色繁华的一条河了。"万古不死秦淮月"（魏源），因为这月亮曾照临过那么光彩夺目的一个群体——秦淮妓女，时在明末。前两天在街头看到有"秦淮名妓"的光碟卖，封套上几位当今女星袒香肩露玉背，妖艳万状，与秦淮隔山隔水，远着呢。秦淮名妓不仅是美女，还是才女，书、画、琴、棋、歌、诗无不擅长；而且有气节、识正邪、重情义。"家家夫婿是东林",与她们往来的不少是东林、复社声名四播的诗人墨客,清流才子。

秦淮名妓之佼佼者,所谓"秦淮八艳",其中柳如是嫁钱谦益,顾媚嫁龚鼎孳,吴伟业与卞玉京有一段如雨如雾凄婉含蓄的恋情。董小宛则嫁"明末四公子"之一的冒襄(字辟疆),今天读冒襄的《影梅庵忆语》,还是让人感动。冒襄在明亡后隐居不仕,拒绝举荐,名节不受玷污。

龚鼎孳,字孝升,号芝麓,安徽合肥人。明崇祯七年(1634)进士,官兵科给事中(谏察之官)。龚下笔千言,一气呵成,天女散花,辞藻缤纷。崇祯很赏识,为之赞叹:"龚某真才子也!"甲申之变,这位才子先是降了李自成,继而又降清,起起伏伏,官至礼部尚书。龚鼎孳是才子诗人,能写出"流水青山送六朝"这样的佳句,但"词采有余,骨力不足",欠缺深沉厚重,难与钱、吴比肩,至今已很少有人提起他的诗了。

顾媚,又名眉,余怀在《板桥杂记》中说她:"庄妍靓雅,风度超群。鬈发如云,桃花满面……通文史,善画兰。"顾媚家有眉楼,时人称之为迷楼,文酒诗宴,无日无之。顾媚于崇祯末年(1640)嫁给龚鼎孳,龚30岁上下,顾小他5岁左右。明清易代,龚鼎孳两次做降官,名节扫地,但他似乎不以为意,说:"我愿欲死,奈小妾不肯何!"把自己的失节推到了顾媚身上,其实顾媚曾劝他自缢。有一回顾媚与龚鼎孳小吵,顾闭门大哭,龚在门外说尽好话,顾就是不开门。正好钱谦益造访,龚就求钱代为劝慰,做和事佬。顾媚对钱说:"渠(他)能作孙克咸,则妾能作葛嫩耳!"葛嫩也是秦淮名妓,嫁桐城孙克咸做妾,在福建的反清斗争中双双被清兵所执,葛嫩碎舌喷血,和孙克咸同时就义。钱谦益讨了个没趣,低头不语。

　　龚鼎孳降清后也做了不少好事,特别是冒险援救抗清志士和遗民。史可法幕僚阎尔梅屡次下狱,龚鼎孳在刑部尚书任上,出力营救,保全阎尔梅的性命。明末大思想家傅山(字青主)明亡后忠贞自守,穿朱衣,号朱衣道人,"朱"是明王朝的国姓,不忘故国,于是被控下狱,龚鼎孳时任左都御史,有意宽纵开释。龚鼎孳心里依然埋着割不断的对故国的依恋。龚鼎孳怜才好客，对贫寒之士不惜倾囊相助，顾媚在这中间起了不少作用。龚鼎孳死后，读书人还常感念他的恩德。清乾隆敕编的《贰臣传》中，为提倡忠于一姓，自然将龚鼎孳说得很不堪。统治者向来如此。

"万古不死秦淮月"，但毕竟今人不见旧时月。如今南京秦淮河、夫子庙是繁华去处，每次到南京总得去转上一圈。那年去，有人指给我看：那是新起的"眉楼"！我笑笑。

（2008 年 11 月 22 日）

诗人与名节(四)

鲜于筝

"明末四公子"和"秦淮八艳"中,除了冒襄、董小宛这一对,还有一对,那就是侯方域和李香君。四公子中另两位是宜兴陈贞慧和桐城方以智。陈贞慧明亡后隐居不仕,十余年不入城市。方以智是大学者,明亡后弃家削发,做了和尚。

侯方域(1618—1655),字朝宗,河南商丘人,世家子弟。父亲侯恂,官至户部尚书。侯方域早年随做官的父亲在北京读书生活。崇祯十二年（1639），年少轻狂、才高气盛的侯方域到南京参加秋试，考了第三名，却因作策论时不知避讳而遭除名。但他的文章风度恰似新星迸出，让人眼前一亮。正是在南京，他与冒襄、陈贞慧、方以智订交。也正是在南京，他与李香君誓约白头，以宫扇作定情之物。

李香君本名香，人都称她香君。《板桥杂记》上说："李香身躯短小，肤理玉色，慧俊婉转，调笑无双，人名之为'香扇坠'……四方才士，争一识面以为荣。"侯方域落第归去时，李香君在秦淮河畔桃叶渡设酒，唱《琵琶记》曲词送别。她跟侯方域说：公子才名文藻不输蔡邕（东汉时人，字伯喈，《琵琶记》演的就是蔡伯喈和赵五娘的故事），但是蔡中郎（蔡邕曾官拜左中郎将）文章学问纵然好，也弥补不了品行的污点：曾在董卓身边做官。李香君勉励侯方域："愿终自爱，无忘妾所歌《琵琶》词也！"

只是侯方域没有能像陈贞慧、冒襄那样隐居不仕。顺治八年（1651），侯方域参加河南乡试，中副榜。

这让他蒙上了失节的阴影。孔尚任的《桃花扇》里没有写到这一情节。"文革"前《桃花扇》曾改编成电影，王丹凤演李香君。电影结尾，好像是在一所庵外，大雪纷飞，侯方域来了，李香君见心爱的人一身旗人装束，不禁怨愤交加，怒斥之余，口吐鲜血，淋淋漓漓洒在宫扇上，血溅桃花扇。

其实侯方域出来应试，也是被逼无奈：官府怀疑侯氏父子与江南反清力量暗通声气，出来应试，算是表态，保一家平安。应试的第二年（1652），侯方域就痛切陈词，给吴伟业写了封信。他举出"三不可，二不必"，劝吴伟业千万不要出仕，万一有人来当说客，就"坚塞两耳"。吴伟业在复信中表示"必不负良友"。遗憾的是，一年后，吴梅村被征召而又不得不出来做了两年官。顺治十一年（1654），侯方域去世，梅村得到噩耗，写了首七律《怀古兼吊侯朝宗》，末两句是"死生总负侯赢诺，欲滴椒浆（椒浸制的酒）泪满樽"，还附了条小注："朝宗贻书约终隐不出，余为世所逼，有负宿诺……"百年心事，侯、吴同此。

至于李香君，据近年来的考证，1645年随侯方域回商丘，隐瞒了秦淮歌妓的身份，与侯府上下相处融洽。1652年公公侯恂知道真相后，怒不可遏，香君被逐出侯府，住到郊外侯家的柴草园——打鸡园。侯方域向父亲长跪求情，就是不行。1653年李香君生下一个男孩，侯家不让姓侯，只能姓李。孩子才几个月大，李香君就离开人世，年仅30岁。李香君留下的一支，后迁雪苑村居住，侯家立下规矩"只准口传，不准入家谱"。经实地调查，雪苑村李姓，至今已有300来口人。当地人都知道自己是李香君后代，可就是不说。如今不但说，而且感到自豪了。历史是很有耐心的。

侯方域诗不如文，散文在清初文坛少有匹敌。深夜读侯方域文，想见其为人，冷雨敲窗，百感交集。

（2008年12月6日）

知堂谈鲁迅小说

张宗子

周作人在《关于鲁迅》一文中说,鲁迅小说所受影响,一是果戈理,二是显克微支,三是夏目漱石。"高尔基虽已有名,但豫才不甚注意,他所最受影响的却是果戈理,《死魂灵》还居第二位,第一重要的还是短篇小说《狂人日记》《两个伊凡尼支打架》,喜剧《巡按》等。波兰作家最重要的是显克微支……用幽默的笔法写阴惨的事迹,这是果戈理与显克微支二人得意的事。《阿Q正传》的成功其原因亦在于此,此盖为不懂幽默而乱骂乱捧的人所不及知者也。""豫才日后所作小说虽与漱石作风不似,但其嘲讽中轻妙的笔致实颇受漱石的影响,而其深刻沉重处乃自果戈理与显克微支来也。"

这是我读到的关于鲁迅小说的最言简意赅的论述。

知堂与鲁迅合作编译《域外小说集》,有些作家,如显克微支,是他们都喜欢的。知堂似乎特别喜欢显克微支,而鲁迅更爱果戈理一些。小说集所选诸作家,知堂说:"豫才所最喜欢的是安特来夫","此外有迦尔洵"。这两位俄国作家,知堂没兴趣,对于鲁迅的喜欢,也不理解,故文中说,鲁迅喜欢安特来夫,"或者这与爱李长吉有点关系罢,虽然也不能确说"。真是善谑。

周作人外表上,以及在文字里,始终是温吞水脾气,说话总是很淡的口气,即使表达强烈的情绪时也如此。我知道有这种性格的人,淡然是一方面,隐忍是另一方面。隐忍下来的事,若不能以心力逐次化去,积久必然成灾,遇一小事,就发作出来,而且一发作就没有回转的余地。其实也是一种极端。安特来夫和迦尔洵这样的作家，如尼采所言，留下的是"以血书写"的文字，很不投合他日本式的"枯淡"口味，而这种冷静、直接、犀利到残酷的小说，恰恰是年轻的鲁迅最爱的。

　　《关于鲁迅》又谈到鲁迅的悲观："豫才从小喜欢'杂览'，读野史最多，受影响亦最大，譬如读过《曲洧旧闻》里的'因子巷'一则，谁会再忘记，会不与《一个小人物的忏悔》所记的事情同样的留下很深的印象呢？在书本里得来的知识上面，又加上亲自从社会里得来的经验，结果便造成一种只有苦痛与黑暗的人生观，让他无条件（除艺术的感觉外）的发现出来，就是那些作品。从这一点说来，《阿Q正传》正是他的代表作，但其被普罗批评家所曾痛骂也正是应该的。这是寄悲愤绝望于幽默，在从前那篇小文里我曾说用的是显克微支、夏目漱石的手法，著者当时看了我的草稿也加以承认的，正如《炭画》一般里边没有一点光与空气，到处是愚与恶，而愚与恶又复厉害到可笑的程度。"连同以下意思，都说得很精辟："有些牧歌式的小话都非佳作,《药》里稍露出一点的情热,这是对于死者的,而死者又已是做了'药'了,此外就再也没有东西可以寄托希望与感情。不被礼教吃了肉去,就难免被做成'药渣',这是鲁迅对于世间的恐怖,在作品上常表现出来,事实上也是如此。"

"牧歌式的小话",不知他是指哪些,大概是散文化的回忆童年情景的那几篇吧,如《故乡》《社戏》甚至《风波》。鲁迅的第一篇小说,用文言文写成的《怀旧》,情形类似。这几篇,作为短篇小说,《风波》和《怀旧》都是杰作。写辛亥革命,从一个很小的侧面,其中的针砭,比常见的万言宏文更加深刻和生动。读这一篇,我总是想起俄国作家蒲宁针对俄国革命说的那些无比悲哀的话。再想想鲁迅写的《药》,他的绝望该有多深。事实已经证明,鲁迅的绝望并不是文人的多愁善感,不是无病呻吟,而是赤裸裸的现实。

因子巷故事,见朱弁《曲洧旧闻》卷一:

> 山阳郡城有金子巷者,莫晓其得名之意。予见

郡人，言父老相传，太祖从周世宗取楚州，州人力抗周师，逾时不能下。既克，世宗命屠其城。太祖至此巷，适见一妇人断首在道卧，而身下儿犹持其乳吮之，太祖恻然，为返命，收其儿，置乳媪鞠养巷中。居人因此获免，乃号因子巷，岁久语讹，遂以为金，而少有知者。

这个故事可以帮助我们理解鲁迅的悲悯和爱。

（2015 年 12 月 20 日）

杨绛和钱锺书

张宗子

秋天,读到杨绛在《文汇报》上发表的新作,五篇回忆性质的短文,赞叹不已。她已经102岁了,头脑还这么清醒,还能写这样的文章。假如天地在世界的任何地方都如圣人所言是无偏私的,在杨绛这里,它有了一次破例。五篇文章,《回忆母亲》《回忆三姐》《回忆太先生》《回忆五四运动》《回忆张勋复辟》,文字简朴一如小学生作文,不紧不慢,娓娓道来,深情所托,早已越出作文的藩篱，而纯乎天籁了。在《回忆母亲》一开头，她说写过回忆父亲和姑母的文字，就是没有写过关于母亲的，原因是接触少，又觉得母亲只疼大弟弟，不喜欢她。接着不假转折，立刻写起母亲的几件小事，最后说："我想念妈妈，忽想到怎么我没写一篇"回忆我的母亲"啊？我早已无父无母，姊妹兄弟也都没有了，独在灯下，写完这篇"回忆"，还痴痴地回忆又回忆。"

身边的亲人全都已离去。女儿死得早，钱锺书先生也过世15年了。只剩她一人，"独在灯下"，读书写作。此种情景，在她笔下写得很淡，但在读者，确实要回味再三的：

"我现在睡前常翻翻旧书，有兴趣的就读读。我翻看孟森著作的《明清史论著集刊》上下册，上面有锺书圈点打'√'的地方，都折着角，我把折角处细读，颇有兴趣。忽然想起这部论著的作者名孟森，不就是我小时候对他曾行鞠躬礼，称为'太先生'的那人吗？……我恨不能告诉锺书我曾见过这位作者，还对他行礼称'太先生'，可是我无法告诉锺书了，他已经去世了。

我只好记下这件事,并且已经考证过,我没记错。"

钱、杨志同道合,伉俪情深,吴学昭《听杨绛谈往事》中曾写到杨绛在钱先生去世前后的情形,令人感动。她得高寿,且到老不停笔,实非偶然:

"《钱锺书集》于2001年1月出版,锺书本人没能见到。他自从确悉爱女已去,病情急剧恶化,到后来更加气虚体弱。杨绛每天仍去看他,尽量帮助他减轻痛苦,给予安慰。以前两人见面总说说话,后来锺书无力说话,就捏捏杨绛的手,再后来只能用眼神来交流了。"

"杨先生说:'锺书病中,我只求比他多活一年。照顾人,男不如女。我尽力保养自己,争求'夫在先,妻在后',错了次序就糟糕了。"

"1998年12月19日凌晨,医生感到钱先生情况不好,连忙通知家属。杨绛赶到床前,锺书等不及,自己合了眼,一眼没合好,杨先生帮他合上。锺书的身体还是温热的,她轻轻在他耳边说:'你放心,有我哪!'据说,听觉是最后丧失的,锺书该能听到杨绛的话。"

杨绛看事，比钱锺书更加机敏和豁达。她的小说和散文，我觉得都胜过钱先生。钱锺书有才子气，学问大，志趣高，不免矜才使气，下笔不予人情面。杨绛乱世求存，懂得与各类人物周旋，遇事镇定，有心计，也知道善用关系。她的文字锋芒不露，出语有度。钱先生妙语讥讽的时候，杨绛不动声色，但她的意思，读者照样明白。《洗澡》比《围城》好，胜在有节制，不夸耀，叙事的节奏和力度控制得非常好。《洗澡》中的男女相知相亲，更是《围城》所没有的。《围城》是痛快淋漓的炫才之作，只可有一，多则不堪。钱先生的《百合心》如果真的写完了，我想他势必会另辟蹊径的。

钱锺书的了不起，在做学问。最喜欢他的《管锥编》和《谈艺录》。《容安馆札记》和《中文笔记》尚未出排印本，但就学者引用的片段来看，已足够唤起期待。每次想谈一谈唐诗时，都暗自庆幸，钱先生主要功夫是花在宋诗上，受父辈影响，也关注清诗，幸亏他没有专攻唐诗，否则，将给人多大的压力啊。

吴学昭的书里配有一张杨绛在钱先生遗体前的照片,说明曰"依依不舍送锺书",十分令人动容。

(2013 年 12 月 8 日)

金庸小说的人名

张宗子

金庸喜欢玩小把戏,很多作家都喜欢玩小把戏,乐在其中,无伤大雅。戴舫兄作小说《哥伦比亚河谷》,男女人物五位,以赵钱孙李周为姓,以一二三四五(音)为名,分别唤作赵壹、钱佴、孙叁、李驷、周午。其中孙、周二位为女士。孙叁不太像样,周午之名最好。

金庸《碧血剑》中有温家五兄弟,所谓温家五老,名字分别是温方达、温方义、温方山、温方施、温方悟。

看似文雅,第一个谐音"大",后面四个人名最后一个字,也不过是五个数字的谐音。

高级一点的玩笑或能暗示更多。读《笑傲江湖》,一开始是华山派大弟子,风流潇洒的令狐冲对小师妹岳灵珊一往情深的痴爱,但自洛阳绿竹巷起,另一位姑娘出现,救助令狐冲,一路同行,在他身后,却不许他回头看一眼自己的形象。等到这位神秘女子的芳名揭出,读者立马可以猜到,这才是令狐冲的真命天女。岳灵珊无论怎么耍,和令狐冲都是无缘了。要说玄机,也很简单。金庸先生用《老子》一书给人物取名。令狐冲和任盈盈,出自第四章的"道冲,而用之或不盈"。冲和盈,一虚一实,本是一体。

金庸命名人物,有两个常用手段,一是把现成的古人名换个姓,就非常典雅。比如《倚天屠龙记》中的殷野王,用野王为名,不是一般人想得出来的。顾野王是南朝著名的文字学家,《玉篇》的作者。《侠客行》里有个武功很高的怪人谢烟客,烟客是清初大画家王时敏的号。张无忌的无忌大名鼎鼎,先有魏国公子无忌，后有唐朝的长孙无忌。古人的人名对联说："蔺相如，司马相如，名相如，实不相如；魏无忌，长孙无忌，你无忌，我也无忌。"《神雕侠侣》里的李莫愁，情形类似，莫愁之名历来为文人所喜欢，林语堂小说里，也有一位姚莫愁。更为人所知的是杨过，借用了南宋词人刘过之名。刘过字改之。书中给杨过取名的时候，就讲了一番改过的道理。二是名字虽普通，故意用少见的复姓，也能造成古色古香的效果。公孙谷主叫公孙止，女儿叫公孙绿萼。换为常见的姓，叫作张止、刘绿萼，顿失光彩。当然，《射雕英雄传》等书中很多北方少数民族人物，用他们的复姓理所当然。

金庸早期的小说，不仅写作手法不够成熟，人名也不那么讲究。如《碧血剑》中男主角叫袁承志，女主角叫青青，太普通，太像今天的人名。蛮夷女子一直是金庸喜欢拿来添加奇异色彩的道具，从《碧血剑》中的何铁手到《笑傲江湖》里的蓝凤凰，越写越生动。蓝凤凰的名字，闻名如见其人。但何铁手不好，太直接，不像女人名字。后来袁承志嫌它不雅，改为谐音的何惕守，更加迂腐，难看又难听。

《天龙八部》中的人名都简单清爽，段誉、萧峰，一文弱一刚勇，名字的音调亦然。钟灵和钟万仇，钟是专注汇集之意。钟氏父女的名字可就好玩了：钟灵，集灵秀于一身；钟万仇，所有倒霉事都让他摊上了。《笑傲江湖》则是无一字无来历：岳不群用《论语》的典故，向问天直接挪用屈原的篇名。任我行含赞赏之意，左冷禅则全是讽刺：又左又冷，偏说是禅。左冷禅送到华山派的卧底劳德诺，人既不堪，名字也古怪得很，像翻译过来的洋名。

不过，《笑傲江湖》的人名还是出了一个小小的疏漏。武当派的掌门，叫作冲虚道长。"冲虚"二字，自然还是出自《道德经》，出在令狐冲、任盈盈得名的同一章。"冲"的意思就是虚。俞樾解释说："'道盅而用之'，盅训虚，与'盈'正相对，作'冲'者，假字也。"《老子校释》道教人物，用冲虚为名，可以说再好不过了。但有一个问题，冲虚这个好名字已经被征用了。占有它的人，是道家的大人物，列子。唐朝崇尚道教，认老子为祖宗。天宝元年,唐玄宗追封庄子为南华真人,《庄子》被尊称为《南华真经》;列子为冲虚真人,《列子》被尊称为《冲虚真经》。后代的道士,便有天大胆子,也不好冒用祖师的尊号。金庸先生好像特别喜欢这两个字,《侠客行》里一个不起眼的小角色,也叫冲虚,当然,也是道人。

这个问题,金大侠大概忽略了。

(2013 年 2 月 24 日)

书衣文录

张宗子

孙犁先生此书,久闻而不得一见,所读为网上搜出,未知是否全本。二十多岁以前,凡有新书,也像孙犁一样,找牛皮纸包书皮,会三种包法。后来书多,印制越来越讲究,觉得包上书皮,原书的风采沦没,从此不再包。遇到特别珍视的书,取随便找到的干净纸张裹上,读完去掉。我的手无论冬夏,容易出汗,手指接触纸面稍久,书页便被沾湿变形,常常是一个大拇指形的凹陷。拿着书走路，时间稍久，书的封面封底，也会染上汗迹。读书时，自己注意，翻开书页，尽量以指背轻压，不使书合上。古人焚香净手的讲究，对我没有用。所以，特别喜欢有一定厚度，纸张偏软，可以直接翻开摊在桌上或膝头的书。

《书衣文录》动人处，不在评论所读的书，而在所记一个爱书人的生活。一些小细节、小故事、小议论、小感慨，感时论事，胜过许多堂皇的官面文章，如"释迦如来应化事迹"条："余不忆当时为何购置此等书，或因鲁迅书账中有此目，然不甚确也。久欲弃之而未果。今又为之包装，则以余之无聊赖，日深一日，四顾茫茫，即西天亦不愿去。困守一室，不啻画地为牢。裁纸装书，亦无异梦中所为。"

"使西日记"条："因炊事忙，此事遂废。此数日间，亦不得安静，何处可求镇静之术，余不惜刀山火海求之。"

读书的感想，孙犁先生写有《耕堂读书记》，我也是在网上和杂志上读过大部分篇章。《书衣文录》其实就是题跋。说题跋，自然想起苏轼和黄庭坚。这两位的题跋最好看。东坡的，多是题在为人抄写的诗上。抄他人的，偶有一两句议论，言简意赅，或者并不评说，说一句闲话，后人读了，有说不出的妙趣。抄自己所作，感慨和自嘲的意味多一些，但自嘲之中有自得，有安心甚或得意之处，似乎不足为外人道，只写给被题赠者看，然而千百年后，我等凡人亦有眼福，看了，读了，时时想起了，咂摸出酸咸甜苦，暗自一笑，觉得自己不是别人，就是当年那个在一旁看着他挥毫的人，墨迹未干，快手收起，深怕被他人夺了爱。

孙犁的题跋，纪事亦多，记特定时代，也记当时人物。今人喜称以小说为史，过去杜甫以诗为史，孙犁先生则以题跋为史，如题《六十种曲》：

> 一九七四年四月十日，于灯下重修，时年六十有二矣。节遇清明，今晨黎明起，种葫芦豆角于窗下，院中多顽儿，不能望其收成也。前日王林倩人送玻璃翠一小盆，放置廊中向阳处，甚新鲜。

又记：时杨花已落，种豆未出，院中儿童追逐投掷，时有外处流氓，手摇大弹弓，漫步庭院，顾盼自雄，喧嚣奇异，宇宙大乱。闭户修书，以忘虎狼之屯于阶前也。

又一九七二年十一月记：书之为物，古人喻为云烟，而概其危厄为：水火兵虫。然纸帛之寿，实视人之生命为无极矣，幸而得存，可至千载，亦非必藏之金匮石室也。佳书必得永传，虽经水火，亦能不胫而走，劣书必定短命，以其虽多印而无人爱惜之也。此六十种曲，系开明印本，购自旧书店，经此风雨多残破，今日为之整修，亦证明人之积习难改，有似余者。

1972年，我已经懂事了，嘴馋，想肉吃，想瓜果吃，一本旧连环画可以让我把不亲的人当亲人，就为了翻看几分钟；到1974年，已经知道去各处旮旯角儿找劫后残书读了，然而古书之罕见，如刘阮在天台山无意尝到的琼实，别说亲得，有所耳闻就是福气，那么我能找的，无非十几或几十年前的小玩意儿，里面总还有些人话。孙犁此则较长，纪事跨了三年。寥寥数言的，如题《诗品注》，也能见微知著：

"地大震，屋未塌，书亦未损，余现亦安，能于灯下修书，可知命立身矣。"作于1976年9月11日。同作于此年，但时间更早的一则，题《左传》："余每于夤夜醒来，所思甚为明断。然至白昼，则为诸情困扰，犹豫不决，甚至反其正而行之，以致言动时有错误，临险履危，不能自返，甚可叹也。余如能坚持夜间之明，消除白昼之暗，则得失或可稍减欤。"

乱世阴阳颠倒，白昼鬼舞。独自躲进暗夜，成一统，得光明。这样的故事，演了又演。时代进步，进步究竟在何处？一代代人留下的记录，似乎全是一个道理，告诫后来者万勿轻易乐观。世界永远是这样子的，做你自己的事，不要随波逐流，不要飞蛾扑火。火自然明亮，自然温暖，但火杀飞蛾，如刀枪无异。读书当于此等细微处体会作者心思。我最敬佩孙犁先生的，除爱书如命之外，是他不求闻达，甘于寂寞，这不是一般人能做到的，和学识、才气都无关。

（2014 年 12 月 6 日）

沉默的王小波

朱小棣

英年早逝的王小波如今是彻底沉默了。在他沉默之前曾经爆发过,那已是快 20 年前的事了。当年的他,猛然发表了一大批令人振奋的散文,包括那篇著名的《沉默的大多数》。还一连写了好几部长篇小说,连他本人都在散文里将自己定位成一个写小说的。无论是他的散文还是小说,黑色幽默都是其重要特色。我非常喜欢他的散文,小说嘛,如同其他一切小说一样,我如今都不太爱看,也没时间和心情去读。而所谓黑色幽默,恰恰是我阅读王小波散文的障碍。原因很简单,只要一时没看明白,就高兴不起来。其实,小波如果活着,一定很同情我,因为他写散文的意思,就是要让大家平等独立地思考。

王小波是一个理科文科都念过的人。这一点比较突出。但他的妻子李银河却说,她"觉得他有两个东西比较突出,一个是他的那种已经形成了的个人的写作风格","另外,就是一种与众不同的思路"。应该说,这个总结也是准确的。我个人佩服他的就是后面这一点。前者会以作家身份扬名人间,后者才会以思想家的地位流芳后世。在我读他的散文时,凡是没有因为黑色幽默的障碍而完全读懂的时候,我都会不仅欣赏他的思想判断和表述,还更加诧异于他的思路,以及他观察的角度与立场。好奇得久了,便会想要知道,在他打破沉默之前,和我们一样属于沉默的大多数的时候,王小波究竟是个什么样子。换句话说,下一个王小波在哪里,究竟是哪一位。

王小波说，"对我年轻时的品行，我的小学老师有句评价：蔫坏。这个'坏'字我是不承认的，但是'蔫'却是无可否认。我在课堂上从来一言不发，要是提问我，我就翻一阵白眼。"这让我想起"小时了了，大未必佳"的古训，真是不禁汗颜。看来还真是沉默是金啊。不过我得替他的小学老师说句公道话，恰恰就是这个"坏"字看得真准。不然"蔫"的傻小子多的是，未来成气候的可不多，看出个"坏"，才算看出了门道。

我这回重读他的散文集《思维的乐趣》，也算看出了一点儿门道。王小波之所以能成为一个特立独行的人，其法宝之一原来是这样："我时常回到童年，用一片童心来思考问题，很多烦难的问题就变得易解。"于是他就能像《皇帝的新衣》里的孩童一样，戳穿某些"学问"的把戏。他说："任何一门学问，即便内容有限而且已经不值得钻研，但你把它钻得极深极透，就可以挟之以自重，换言之，让大家都佩服你；此后假如再有一人想挟这门学问以自重，就必须钻得更深更透。此种学问被无数的人这样钻过，会成个什么样子，更是难以想象。古宅闹鬼，老树成精，一门学问最后可能变成一种妖怪。就说国学吧，有人说它无所不包，到今天还能拯救世界，虽然我很乐意相信，但还是将信将疑。"这段话，说得直白，我自信完全看懂了。但是且慢，我怎么这会儿读起来又好像这成精成妖的学问，并不只有国学了。

（2014年12月20日）

行云止水　弛中有张

朱小棣

中国现代散文自从走入了空洞无物的所谓抒情散文的死胡同，一直要到大约半个世纪以后张中行的散文风行，才算有点儿拨乱反正，尽管至今仍然匮缺梁遇春一派的论说小品。不过张中行的文章中，已几近完美地显示出说理充分的特色，虽不像梁遇春那样信手拈来，妙趣横生，亦算是行云止水，弛中有张。

近日重读张中行的《梁漱溟先生》一文，随处可见作者的敦厚、幽默、公正、中肯。文章的主旨，"主要是想说说我对梁先生的狂妄想法"，"自知狂妄而还有胆量说，是考虑到，梁先生和我都是出入红楼的北大旧人（他讲6年，我学4年），受北大学风的'污染'，惯于自己乱说乱道，也容忍别人乱说乱道，所以估计，如果梁先生仍健在，看到，一定是'相视而笑，莫逆于心'。可惜我错了，不该晚动笔；或者是他错了，不该急着去见上帝"。最后一个包袱，丢得何其自然、顺畅，真正是一张一弛了。

文中说，作者曾有一次向梁先生邀稿，"回信说，他不写，也许我的信提到张东荪，他说张东荪聪明，可以写"，这让人"觉得他的话含有不敬的意思"。"后来才知道还有更甚者，是他复某先生信，表明自己不愿意参加什么宴会，理由是某先生曾谄媚某人云云。我进一步明白，梁先生于迂阔之外，还太直，心口如一到'出人意料之外'"。"直，必自信"，"他与熊十力先生和废名先生是一个类型的，都坚信自己的所见是确定不移的真理，因而凡是与自己的所见不同的所见都是错的。这好不？一言难尽"。"这三位，我推想，是不会用民主的态度看待各有所见的别人的，因为他们坚信自己的所见，并由此推论别人的不同所见必错"。"因为惯于多信少疑，至少是我觉得，学业兼表现为品格就长短互见：长是诚，短是不够虚心"。上述文字表达里的中肯、公正，自不待言。今人多拿所谓大知识分子的骨气说事，少有客观道出其负面因素。这样的话，大概只有张中行先生可以倚老卖老地来说，才能被接受。

张先生接下来写道："至少就气质说，梁先生与其说近于写《乌托邦》的摩尔，不如说近于写《对话集》的柏拉图，或者再加一点点堂吉诃德，因为他理想的种种，放在概念世界里似乎更为合适。这是迂阔的另一种表现，由感情方面衡量，可敬；由理智方面衡量，可商。有的，说重一些，至少由效果方面看，还近于可笑。""梁先生是地道的理想主义者甚至空想主义者，我则加上不少的怀疑主义甚至悲观主义了。梁先生的地道，可敬，也可怜；我的杂七杂八，大概只是可怜了。"

我认为张先生的分析是非常在理、中肯而又谦逊的，所以特意抄在这里。

当我们今天以后视的角度，来客观审视历史人物时，应该可以更加分明地看出，历史悲剧的根本原因，还是在于制度。人物性格的纠结，恰恰只是一层喜剧色彩而已。

（2014 年 8 月 31 日）

点点胭脂红

朱小棣

大约由于我曾经写过一本名叫《闲书闲话》的随笔集,这次我在南京面谒杨苡老师(杨宪益之小妹)时,承蒙这位92岁老人转赠一本她网购的"闲书"《点点胭脂红》(淳子著,上海辞书出版社2011年版),并提笔祝福我"闲中作乐,闲中多写,忙里偷闲"。

虽说写过"闲书",但毕竟由于性别不同,哪怕无论我如何贾宝玉,也不可能如此这般,沉浸在点点胭脂红里面。其中的脂粉八卦，恐非一般男性读者所堪承受。书中人物从越剧的筱丹桂、马樟花，说到阮玲玉、胡蝶，还有李香兰、张爱玲，以及黄宗英。真正扎入我眼帘的却是一位巾帼须眉，昔日上海滩著名的"玲华阿九"，吴嫣。她是社交界的达人，在其长三堂子时代，以扮京戏老生著名，从堂子里出来以后，曾托了张伯驹，专攻余派，与潘素、孟小冬成了金兰姐妹。愈加出奇的是，"1949年前夕，潘汉年领导的上海地下党说服了一大批上海名流留下来迎接解放，吴嫣在里面起了积极的作用"，"电视剧《潘汉年》里，还有以她真名出现的一个角色"。"解放后，在潘汉年的亲自安排下，成了文化局的一名干部"。

《点点胭脂红》里也有男人的故事。例如，新中国成立之初，北京城著名的"梁陈方案"设计者之一的陈占祥先生。"1949年5月27日，中国共产党的军队开进上海时，这支军队表现出的惊人自律让许多人震惊。他们冒着小雨露宿在上海街头，而且一连三天都是如此。年轻的士兵们把步枪靠在弄堂的墙上，然后一排一排地蜷缩在地上入睡"。33岁的建筑师陈占祥,"桌上放着去英国的飞机票,炉子上炖着罗宋汤"。"陈占祥拉开窗帘,看见了雨中的士兵。他端着锅子下楼,请士兵们喝一口热汤。士兵起立,敬礼,坚定地说:'谢谢,我们不拿群众一针一线。'""陈占祥一阵激动。回到寓所,撕了离开的机票,欣然接受了梁思成的邀请,去北京",于是就有了后来著名的"梁陈方案"。"可惜建议未被采纳,陈占祥和梁思成被打成'右派'"。

"一位看过北京旧城改造后的德国历史学家说了一句话:我们现在有的,你们将来都会有;而你们曾经有的,我们永远不会有,你们也不会有了。""清华大学一位教授的话更令人刻骨铭心:'北京没有毁于战争,没有毁于革命,而是毁于建设。'"

这类痛心疾首的故事,无论男女,个人还是城市,民族或是国家,最终,都在我心中,涌起一阵"点点胭脂红"的酸楚。

(2011年12月3日)

古都闲话

朱小棣

虽然我是城市规划专业出身,但对中国古都还真是没有什么研究,只看过一张南宋时期苏州平江府的平江图。若不是今日里闲翻一本《都市与城市》,对许多文字概念(如,城／市、都／邑、京／师、城／郭、市／镇、里／坊),也都从来没有认真想过。不过话说回来,补看了这么多古代都市图之后我发现,还是平江图最为壮观,令人惊叹。可见还是石头比纸硬,只有刻在石碑上的,才能保存久远。

书里还说,我国唐宋之间,有过一个由坊市到街市的过渡变化。"新的街市的形成,意味着旧的封闭坊市被淘汰"。《东京梦华录》"常详述各种商店所在的街或巷,却没有一处谈到坊的"。过去都说唐朝开放,看来宋朝也有小小突破,形成了比唐朝更为开放的街市。当然,"坊"字也有使用,例如《东京梦华录》里说到"坊巷桥市皆有肉案",可见还是内容大于形式。民以食为天,肉是极为重要的内容,管它是在坊里还是街上卖。

我国的四大或者说是五大古都,西安、洛阳、北京、南京以及开封之间,原来还有一个由西向东和南北往复的缓慢过程。有一条从西安到洛阳,从洛阳到开封的迁移主线,来来回回,几经变故,然后是从南京到北京的反反复复。有趣的是,明朝皇帝祖孙三代,甚至四代人之间,在南京与北京,两地之间的折腾往返。

朱元璋开国定都南京,身后留给孙儿的基业又被儿子朱棣夺了回来。各种因素和考虑使朱棣心仪北京,不仅因为身为燕王那里是他的龙兴之地,避开先帝之都的南京，也是为了转移人们对他篡位夺权的视线。当时的主要外敌是北逃的蒙古势力，永乐皇帝曾经六次率兵亲征。所以终于在永乐十九年迁都北京。而他的子孙又与他想法不同，或者不如说还真有一点雷同，竟然都是不愿意待在老子建立的都城里。所以永乐帝死后，洪熙帝就准备还都南京，回到他爷爷那里去。不料他短命身亡，其子宣德帝，却是跟随祖父朱棣远征蒙古的，所以还是和他自己的爷爷亲。这样一来，还都南京一事也就从此作罢。

身为南京人的我，今日看见明朝南京旧城图，忽然感悟于城中格局的历史变迁。原来明朝的王宫，是建在城东的钟山脚下。而老百姓的街市和生活起居，要退让在皇宫的西面，这自然也包括朱雀桥边、乌衣巷口的功臣。想那王谢堂前燕，大约也是不许东南飞的。而后来的商业发展，则是一个由南向北或曰西北的逐步推进，慢慢才繁荣到了长江边上。过去总看书报上说，南京这样的城市，是沿江发达城市。其实开初发达时，离江边还甚远。可见流行说法并不符合实际。我只好私下揣度，大约是长江洪水的自然灾害，使人对水有恐惧，躲得远点儿安全一些。

这次看书才知道，秦汉之邦，都城尚多没有规划，"基本上是因地制宜，因陋就简"。而从六朝建康起，则开始把儒家的礼制贯彻到城市规划与都城建设中。据说当时的巅峰之作，"是鲜卑族所建立的北魏政权"，"最能体现《周礼·考工记》原则"。其后，让我印象最深刻的，当然还是明朝的北京。居然弄出一个"九门走九车"，正阳门走龙车，崇文门走酒车，宣武门走囚车，朝阳门走粮车，阜成门走煤车，西直门走水车，东直门走砖瓦、木材车，德胜门走兵车，安定门走粪车。这也实在是太规矩，只方不圆了吧。还有没有一点变通？

(2011 年 11 月 11 日)

三

时评杂议

牛津先生乱弹琴

鲜于筝

西方学者谈中国历史总叫人好奇,人家是怎么看咱们这五千年的?结果呢,在受启发之余,总不免有"海客谈瀛洲"之叹,莫非隔重文明隔重山?不过像牛津先生这样好意思乱弹琴的倒也是凤毛麟角。

若干年前曾翻过一本牛津大学史学家 Fernandez-Armesto 写的《千纪年》(*Millennium: A History of Our Last Thousand Years*),800来页,算不上学术著作,

只是本历史通俗读物。我信手翻了翻里面叙述中国的章节。千年史，从宋朝说起，还有好几幅插图。一幅是张择端《清明上河图》的片段，这位牛津先生介绍：图上画的是开封黄河两岸的市井生活（汴河成了黄河）；接着说，此画长25米（天啊！其实是5米多）。

牛津先生大概在哪里看到了关于陆游《入蜀记》的资料，于是大谈陆游入蜀。陆游于乾道五年（1169）离老家浙江山阴赴夔州通判任，牛津先生也不看看地图，竟说陆游入蜀是向东走。而且还配了一幅五代南唐顾闳中的《韩熙载夜宴图》，牛津先生说，画中的宴会场面描绘出了陆游入蜀时，一路上地方官员对他的款待。南唐的顾闳中画南宋的陆游！搞七捻三！

写到1921年中国共产党成立时，牛津先生说，共产党成立在上海的一艘游船上，他压根儿不知道这游船是在嘉兴南湖。也配了幅画：远山近树，水面开阔，孤零零一条乌篷船（南湖的仿制船还在，是"红船"，哪是"乌篷船"），船头上一人划桨，篷舱里人头挨人头，挤作一堆。牛津先生在说明上写道：中国共产党即是在这条船上成立的,当时毛泽东有一位名叫Shao Yu的自由开明的老友,没有上船,而是坐在岸上用"如椽之笔"画下了这个场景。画没有题跋,没有落款,风格一如丰子恺的漫画,算我孤陋寡闻,但也问了几个人,都说从来不知道还有这段逸事,真是天晓得!这Shao Yu又是从哪儿钻出来的?是哪两个汉字?"绍禹"(王明叫陈绍禹)?不可能,王明没有参加中共一大。简直是猜谜,这幅画像郊游图,说不定这Shao Yu就是从"郊游"两个字胡搅蛮缠过来的。

牛津先生乱弹琴,叫人哑然失笑,回头看看,中国的有些先生们谈西方就怕也在伯仲之间!呜呼!

(2007年3月17日)

思想的风筝

鲜于筝

歌德有句名言:"我们在青年时代所希求的东西,到老年才得丰收。"我在青年时代无所希求,因为不想到了老年失望。只是好奇:到我老年时候这世界会是怎么样?如今老年到了,我还是失望了:发现这几十年白过了。19世纪英国女作家乔治·艾略特说:"一条年老的金鱼,很明显地一直到死都保持着它年轻时的幻想,认为它能笔直地游到包围着它的玻璃缸外面去。"我见过不少这样的金鱼。

每次上超市，只要看到摆出的柠檬，就会想起歌德的两句诗："你可知道那个地方？那里遍地是柠檬……"连带想起了契诃夫《三姐妹》里妹妹玛莎啜泣的诗句："海岸上，生长着一棵橡树，绿叶丛丛……树上系着一条金链子，亮铮铮……"说不尽的伤感。

狄德罗说："整个一生，我将毫无怨尤地不知道我所不能知道的事。"维特根斯坦说："对于不可说的东西必须保持沉默。"但什么是"不能知道的事"，什么又是"不可说的东西"呢？

维特根斯坦说："哲学留下的是一个原样的世界。"哲学解读世界，但世界只是原样。康德说："我们的理智不是从自然界中引出规律，而是把规律强加于自然界。"尤其是社会、历史。"概念是想象的自由创造"爱因斯坦如是说。"因为掌握了权力，就不可避免会败坏理性的自由判断。"这是康德说的。《费加罗报》的座右铭：没有批评的自由，任何事物都不值得赞美。

加缪说："一个能够用理性解释的世界，不管有什么欠缺、毛病，仍然是人们熟悉的世界。"但如果"我们处于这样的境地,科学可以解释的世界,不存在;而新的世界,科学解释不了"呢?这是木心的话。

荣格认为"文化的最后成果是人格"。民国的大师们和当今的教授们其举止言谈很难同日而语。那是不同的文化熏陶出来的。木心说:"毫无个性是中国人的大病。我们的国民性和鲁迅那时代比,至少坏十倍,如果讽刺当代,要十来个鲁迅。"这正是尴尬的地方,这65年来,文化已经破碎,如今外来文化遭排斥,想回到传统文化,还回得去吗?

"假如一个人不知历史长河流淌了三千年/不能够从中找出自己的解释/那么他只能在黑暗中摸索/白天与黑夜类似"。这是歌德的诗。下面是吴敬梓《儒林外史》开头的一首众所周知的词:"人生南北多歧路,将相神仙,也要凡人做。百代兴亡朝复暮,江风吹倒前朝树。功名富贵无凭据,费尽心情,总把流光误。浊酒三杯沉醉去,水流花谢知何处?"西方人执着,中国人潇洒。

(2015年1月10日)

白短裤红趾甲

鲜于筝

人间四月天,风光旖旎。走在人行道上,凉风丝丝入"裤",爽意料峭。迎面结伴走来三位年轻女士。衬衫宽松,敞着领子,露出胸沟,藏着"丰乳"。衬衫前摆刚好把牛仔短裤罩住,依稀露出一溜散边,猛一眼看去,却像没有穿裤子。高跟鞋上6条玉腿蜡白晃眼。潮流来了,我避到一侧,目送她们过去,这牛仔裤紧紧包着圆鼓鼓的"肥臀"。这是纽约,国内也这样。去年回国，苏州的小家碧玉穿牛仔短裤露半寸臀沟，豪放了。我还记得，小时候听老辈人讲民间故事，说是孟丽君游花园，一把扇子掉池塘里了，于是卷起袖子伸出手臂去捞。不料被一个躲在假山石后私闯花园的男子看见了。女人的玉臂雪藕除了自己的丈夫是不能让旁的男子见到的，于是她就嫁给了这男人。

我从进小学到出大学，好像还没有见过女同学穿短裤的，夏天要穿也是穿裙子。大学出来到新疆，不要说短裤了，汉族女人穿裙子的都没有。"文化革命"中，穿军装，两条小辫往军帽里一塞，乍一看去，雌雄莫辨。其实男的都不穿短裤，我在新疆就没有穿过，也没有短裤。每年七八月份夏收，更要穿长袖长裤，一是避麦芒，一是挡日晒。

1979年2月我回到苏州，拜会了枝头玉兰，穿过了杏花春雨，重逢了桃红柳绿……到6月，旧历正是人间四月，天突然热起来了。我到教育学院上班，从临顿路拐进萧家巷，前头不到5米是个姑娘，一身白，白跑鞋，白袜，白短裤，上身一件白色汗背心，可以清楚地辨出胸罩的带子。这是我此生第一次看到一个姑娘穿着短裤、背心在大街上走。吃惊之余我打心里舒畅：一个宽容宽松的时代真的到来了？

一年以后，小姐姐移民香港，我到福州送她，回来时，买不到硬卧，买了张软卧。一间软卧四个铺位，我进去两个下铺已经有人，婆媳俩带一个孩子，婆婆颇有派头，媳妇气质不俗。我一个男的进去方便吗？夜里行车要关起门来的。列车员心里有数，说："这样，我去看铺位能不能调整一下。"我说我无所谓。列车员"调整"去了。我们就断断续续聊天，其实是婆婆问我答。何方人士？家在何处？做何工作？……待知道我在大学教书，教的又是中文，就问我："你读过《小城春秋》吗？""读过，"我说，"高云览写的。""他是我男人，"婆婆说，"我姓白，我们上北京去。"列车员进来，还没有开口，婆婆就说："不要调整了。"到了个大站，停的时间长，我下车透透气，年轻媳妇带着孩子也下来了，孩子才学会走路。当妈的小步走，逗孩子追。站台上阳光灿烂，孩子笑声灿烂，这位年轻妈妈穿凉鞋的脚趾也灿烂，十个脚趾涂着鲜红的指甲油闪闪发光。这是我此生第一次看到一个女子涂着鲜红的脚趾，简直匪夷所思！1980年时，涂指甲的、口红的……还属凤毛麟角。时代终于变了。站台上阳光灿烂。

女人爱美，出自天性，几十年来却被禁锢在革命意识形态的牢笼里。美是一种追求。追求就不安分。不安分就标新立异。中国古代女性对美的追求、美的创意，绝不亚于现代。现在流行"烟熏妆"，东汉有"愁眉啼妆"（见《后汉书》）："京都妇女作愁眉啼妆"，"妇女以粉拭目下，有如啼痕"；南北朝有"梅花妆"，南朝宋武帝女儿寿阳公主，正月初七（人日）睡在含章殿檐下，梅花飘落额间，花出五瓣，新巧美艳，宫女效法，流行梅花妆；梁元帝瞎一只眼，徐妃知道梁元帝要来，特意化半面妆侍候，梁元帝见了大发脾气。徐妃本意并非讥嘲，多半逗趣玩笑。1400多年前，徐妃有此"现代"创意，让人赞叹；唐朝有"时世妆"，白居易写过诗："时世妆，时世妆，出自城中传四方。时世流行无远近，腮不施朱面无粉。乌膏注唇唇似泥，双眉化作八字低。

妍媸黑白失本态，妆成尽似含悲啼……"这妆化得很大胆。女子讲究发型，《后汉书》记载梁冀的妻子孙寿"色美而善为妖态，作愁眉啼妆堕马髻"，堕马髻是发髻松垂好似坠落一边的髻；后汉"城中好高髻"的民谣大家不陌生，唐朝元稹在诗中说："髻鬟峨峨高一尺，门前立地看春风"；唐朝还有叫闹扫妆的宫中发髻，形如"飙风乱鬌（音舜，乱发）"，有点儿像现在的爆炸发型。上面这些例子，出在后汉、南北朝，尤其是大唐，都是思想比较开放的时代。

但现在已是讲究整容、易容的时代了。在网上凝视各路美女高"颜值"的脸蛋时，我往往觉得脸蛋后面少了些什么。什么呢？法国一位诗人说："美丽的前额有什么用，要是后面没有脑子。"

莫言有句形而下的名言："在人类社会中，除了金钱、名利、权势对人的诱惑之外，另有一最大的也是致命的诱惑就是美色的诱惑。"原来美色是用来作诱惑的，无怪乎如今的美女都喜欢"露"：露乳沟，露臀沟，露丰乳，露肚脐，露美背，露玉腿，露香肩……因为露是最富诱惑力的。

　　35年前,在我惊讶于"白背心""红趾甲",以为一燕报春,一个宽松的时代来临了的时候,万万没有想到,竟是一叶知秋,宽松的不是思想,而是胸衣、纽扣、裤带,思想被肉体埋葬了。

(2015年6月13日)

逼疯莫言

陈 九

看这文章的题目，或许有人认为我要逼疯莫言。其实这事跟我无关，我倒觉得当下媒体有逼疯莫言的倾向，甚至我怀疑他们暗中挂赌，疯了一赔几，不疯一赔几，否则怎会如此起劲儿。

莫言获诺贝尔奖后，媒体给予报道是应该的，连我这个海外业余写手都被越洋电话采访过。记得我当时说了这么几句：莫言获诺贝尔奖不仅提升中国文学在世界文学中的地位,也提升了华文文学在世界文学中的地位。华文文学的概念包括一切用华文写作的文学作品,无论作家什么国籍,身居何处,只要用华文写作,都将从莫言获奖中受益。文字是文明的载体,文学是文明的结晶。中国文学引领着华文文学的发展,是华文文学的源头和主体,这次莫言获奖再次说明了这点。

现在看来,这些话跟废话差不多,不过很庄严。我当时以为,莫言是作家,即便获诺贝尔奖还是作家。作家是写作的,不是演戏的,不应像范冰冰、李冰冰等电影明星,动不动就出来亮相。更不应像政客,时不时得曝光,否则就怀疑被"双规"了。作家得奖,得完您赶紧回家,该干嘛干嘛去。

但情况跟我想的不同,媒体看来并不在意庄不庄严。他们跟莫言没完没了,搞得莫言比范冰冰、李冰冰等明星还忙。我敢说,前一段时间范冰冰、李冰冰的出镜率肯定比不上莫言。那个架势,翻箱倒柜跟缉拿逃犯一样,抓到有赏,这些记者抓到一则莫言的新闻肯定有赏。你信吗?反正我信了。

也罢,谁让我们得奖心切,从林语堂那一辈就惦记诺贝尔奖,终被莫言攻破,美就美几日吧。没想到说时迟那时快,媒体这通忙活,围着莫言打转,有报道说,莫言已6个月未出新作。天哪,莫言这回改摊贩了,三五个月就得上批新货,由明星到摊贩,真是逼疯莫言不偿命。写作是个人的创作行为,凭感觉,不是大庭广众下耍猴儿。先物质诱惑,再舆论相逼,作家原本就脆弱,如此相逼岂不要废了莫言吗!咱们这儿好容易出个诺贝尔奖得主,最不珍惜的恰是咱们自己。中国文化好像有此种恶习,凡杰出者,出来一个毁一个,庸俗无底线,高尚无出路,令人不禁扼腕。

我看莫言已经有些语无伦次了,半疯了。最近与诺贝尔奖得主库切的对话几乎不在同一层次。比如对诺贝尔奖政治性的议论,有必要一口否定吗?我们生活在政治空气里,根本无法摆脱政治的浸透,也不符合实情。诺贝尔奖的政治前科累累,不胜枚举,它没颁给鲁迅,没颁给老舍和巴金,却颁给莫言,真说明莫言比鲁迅、老舍、巴金都强?就没一丝其他考量?如此否定是因为无知还是出于某种私心？无论什么，都体现不出一位诺贝尔奖得主的大家风范。再比如，你说诺贝尔奖奖金非纳税人的钱，因此你不必为此承担更多社会责任。这叫什么话？诺贝尔奖奖金来自诺贝尔家族，难道你对瑞典就该负什么责任？如果公民对社会的责任全靠金钱驱动，当年文人"先天下之忧而忧，后天下之乐而乐"的情怀呢？我倒不在乎你是否有这种情怀，我在乎的是，如果你没有这种情怀，而用物质衡量精神和责任，这种习惯性思维，能出何种文学呢？

歇手吧！这不仅是对媒体和社会，也是对莫言本人的呼吁。英语有句话叫"Leave him alone"，就是不要打搅他的意思。不要打搅，更不要上瘾。作家就是个影子，不能老用强光照，一照就没了。莫言得的是文学奖，他命中注定只能当作家。希望媒体和社会尊重这份不光属于莫言本人的荣誉，留给他一份当作家、当大作家的平静空间。

（2013年4月21日）

石头能让人不朽吗

张宗子

武则天做女皇帝,以大周代唐,各种庆祝和纪念活动,花样百出。凡事求大,不怕费钱,以为这样就可名垂千古。长寿三年(694),在全国征集铜50多万斤,铁330多万斤,钱2.7万贯,在定鼎门内建造"大周万国述德天枢","纪革命之功",贬抑被她篡位的李氏的功德。

这个所谓述德天枢,主体工程是一个八棱铜柱,高

90尺，直径1丈2尺。柱子底下是一座铁山，铜龙托起，四面围绕着狮子和麒麟。上面有云盖，盖上铸出盘龙，龙身人立，双足捧起一个大火珠。大火珠高1丈，周长3丈多，金彩辉煌，光耀日月。

天枢建成，武三思亲自作文，朝中官吏和文人竞相献诗。据说写得最好的，是当时的名作家李峤。其中的精彩句子，"声流尘作劫，业固海成田。帝泽倾尧酒，宸歌掩舜弦"，无非是说，武则天的业绩将万世不灭，她的英明，比得上历史上最好的统治者。

制造天枢，花费无数，据说连胡商番客都出了钱，总共"聚钱百万亿"。武则天做事，一向气魄宏大，洛阳龙门的卢舍那大佛，至今令人叹为观止。她造明堂，顶上用铸铁鹙鹭，高2丈，以黄金为饰。大火珠也是用黄金装饰的。这个大铜柱下有底座，上有远望好似太阳的火珠，如果立在首都的广场上，想象一下，该多么气派。

然而好景不长，大周皇朝随着武则天的死而烟消云散，到唐玄宗开元年间，天枢被下令拆毁，"发卒销烁"，整整干了一个多月。

工程完工,有人献诗。工程拆毁,照样有人献诗。不过,事后总结历史教训的,总是不如捧场凑热闹的人多。大概因为捧场有好处捞,而总结教训不仅好处不多,还似乎显得不厚道。这次写诗的是洛阳尉李休烈,他是地方官,身当其事,感触比较实在。他说的当然是风凉话,所以没法像李峤那样大展文才:"天门街里倒天枢,火急先须卸火珠。计合一条丝线挽,何劳两县索人夫。""一条线挽天枢"是早先的民间议论,意思是不长久,大约也算谣言之类。李休烈的诗就用了这个当时典故。

时势造成的人和事,是很少经得起时间考验的。所以我们读史,从远古到今天,总是看见没完没了的纠正和平反,被杀的,追封王侯,享了一辈子荣华的,死后被褫夺一切荣誉,于是改地名,拆牌坊,甚至开棺戮尸。一立一拆,耗费的都是民脂民膏。

(2012年10月14日)

一衣带水

朱小棣

我对于"一衣带水"这个成语,大约自从1972年中日邦交正常化开始,就已耳熟能详。好像是冰心带的头,用它来形容中日两国地理上的靠近。但是直到最近读书时看到周有光先生和以写三角恋爱著称的已故海派作家张资平先生的描述,才突然意识到中日两国当年是如何的接近。

周先生说,"那时候跟今天不一样,要到日本去,用不着签证，上海坐船，第二天早上就到日本了"。那时候，"上海虹口一带全是日本人"，"东京也有大量的中国人"，"写一封信，在国内三分邮票，到日本也是三分邮票。日本东京的物价和上海比，加十分之一"，"你到东京去，上岸根本不检查你"。（《周有光百岁口述》）那是1933年的事，如今听起来却有些像是天方夜谭。我们自以为全球化了，可是好像并非如此，历史不允许我们说谎。

张资平说的故事是，他刚到日本时，或者说是在他去日本以前有一段时间，中国留学生在日本是很受商家欢迎的。旅店都更愿意接待中国学生，而不是日本学生，因为中国学生殷实富有，从不拖欠房费。可是情况很快就急转直下，由于中国学生不讲卫生礼貌，随地吐痰、大声嚷嚷等恶习，许多日本客店拒收中国房客，害得他跑断腿，总算找到一家日本人愿意接纳他为房客，以贴补家用（《资平自传》）。这个故事倒是有几分耳熟眼热，因为身边就经历过这类让人不待见的例子，实在有些让人气馁。

周有光先生抗战时期从上海撤退到了重庆,智慧地避免了替日本人服务。他说,"打仗时留在上海还是到重庆,这是很大的决定。我们一想不能留,日本人很坏,在日本留过学的人更糟糕。他见你在上海,就访问你,明天报纸登出来,日本司令访问某某,这样无形中你就变成汉奸了。"周作人没有离开被日本人占领的北平,所以张中行说他的这位老师是"小事不糊涂,大事糊涂"。一衣带水也好,一海之隔也罢,只要战争一起,就免不了会遇上这样的抉择与尴尬。中日、中美关系均如此,所以邦交正常化,才是全民大众的福音。

(2011 年 8 月 27 日)

轰炸广岛的人

蔡维忠

西奥多·范柯克于 2014 年 7 月 28 日逝世于佐治亚州石山小镇,享年 93 岁。历史记住了范柯克这个名字,因为他参加了向日本广岛投掷原子弹的军事行动。1945 年 8 月 6 日,艾诺拉·盖号轰炸机由范柯克上尉领航,向广岛投下了一颗 9000 磅的原子弹,杀死了 14 万人。3 天后,美军又在长崎上空投下了第二颗原子弹,杀死了 8 万人。两颗原子弹的巨大威力迫使日本宣布无条件投降，第二次世界大战自此结束。

原子弹在广岛虽然杀死了2万日本军人，摧毁了该地的军事设施，但更多的死亡者是平民。杀死了这么多平民，范柯克有没有负罪感呢？他没有。他说："我真诚地认为，原子弹的使用从长远看挽救了许多生命。"据估计，由于原子弹迫使日本投降，避免了美军登陆日本本土作战，避免了一百万人在战斗中丧生，其中大部分人将是日本人。当然，原子弹的使用也使得许多在中国和其他亚洲战场的军人和平民不因战争的延长而伤亡。

但是他并不支持再使用原子弹。他说："第二次世界大战的经验显示，战争解决不了任何问题，原子弹解决不了任何问题。我个人认为世界上不应当有原子弹，我想看到所有的原子弹被销毁掉。"

"战争解决不了任何问题，原子弹解决不了任何问题。"如果他是指战争无法阻止今后的战争，原子弹的使用会挑起核武器竞赛，那他是对的。但是，原子弹是不是解决了一个问题，即把深陷好战狂热中的日本改变成了热爱和平的国家呢?

战后69年来,日本信奉一部美军强加并推崇和平的宪法。《日本宪法》第二章第九条规定:"日本人民衷心谋求基于正义与秩序的国际和平,永远放弃以主权国权利发动战争、武力威胁或行使武力,作为解决国际争端的手段。为达此目的,不保持陆、海、空军及其他战争力量,不承认国家的交战权。"如果日本一直坚持下去,不就证明原子弹可以解决问题,使它变成和平国家了吗?

就在范柯克弥留之际(2014年7月1日),日本首相安倍晋三的政府批准重新解释宪法,允许除自卫外在盟国受到攻击的情况下使用武力。日本从放弃使用武力转变为可以使用武力了。日本永远放弃发动战争、使用武力的信念已经破裂了!看来,原子弹不会永远地改变日本。它在保持了一段战后的低调后,最终显示出它的本色了。这个开头很关键。在变成一个可以使用武力的国家后,没有什么力量可以阻挡它成为可以发动战争的国家了。

外部国家希望日本自律是不会有效果的,谴责日本放弃和平宪法也不会有什么效果的。最有效的办法还是让自己的国家强大起来。美国强大,所以战后的日本一直不敢再挑战美国。但日本对待深受其害的邻国并没有表示出令人信服的悔过。要保证不受其害,自己强大起来才是硬道理。

轰炸广岛的艾诺拉·盖号轰炸机的12名机组人员中,11人已经先于范柯克去世。随着范柯克的去世,历史翻过了沉重的一页。历史会翻开新的一页,但它不一定是和平的一页。

(2014年11月22日)

也论月亮与臭虫

姚学吾

前一阵子,美国的媒体上报道说,近年来臭虫在美国又重新肆虐。此消息一经传出,在民间颇引起一翻议论。有人认为肯定是夸大事实了,美国的臭虫不是早已灭绝了吗?有人则不假思索地认定,这些臭虫的来源一定是亚洲,还有人说肯定是中国人带来的。

这不禁让我想起,早年林语堂先生写过的一篇散文,题目就叫《论月亮与臭虫》。他里面写道:"有人说中国只有臭虫,没有月亮。中国古书有毒,固有文化整个要不得,整个是封建思想……这一派人同时说外国只有月亮,没有臭虫。并且不许人家说外国有臭虫,说外国有臭虫便是反动……"

当然,这个话题是从东西方文化孰优孰劣谈起的。挺西派的人当然一味贬低自己的文化,盲目认定欧美的一切都比中国的好。不是早就听到有种说法:"外国的月亮都比中国的圆吗?"

这里谈的是美国近来又发现臭虫。既发现臭虫,政府就有责任采取手段,把它消灭。所为何来,出现臭虫来自亚洲或中国之怪论呢?这是一种偏见。从过往的世界历史来看,强国总把一切坏事的根源扣在弱国的头上。大家听过几个病名吧?"香港脚""南京虫",前者指脚癣病(也称脚气),后者指臭虫。为什么有了脚癣就一定是从香港传来的呢?而臭虫的故乡真的是南京吗?谁调查的?有科学根据吗?当然这是日本人的说法,查无实据。最近又发现一种病毒,几乎没有任何药物和抗生素可以治愈,结果就把这种病毒取名

"新德里病毒"。消息一出,印度大力抗议。他们承认印度有这种病毒,但是世界的许多地方也有这种病毒。仅仅因为印度在治疗这种病患时使用了过量的抗生素,导致病毒有了抗药性,因而无法治愈。但为什么一定要用某个国家或某个地方的名字来命名呢?为什么偏偏这些名字都出自第三世界国家呢?是偶然,是碰巧,还是偏见?

其实,各国处在不同纬度,不同区域,会因气温、湿度、海拔等自然条件的差别,而产生不同疾病,或该种疾病特别容易在这种条件下滋生繁衍。就以疟疾为例,它特别容易在华南以及南洋各国发病。再有,美国也有一种人在草坪上容易得的病叫Lyme Disease(莱姆病)。没听说谁会把它称为美国病或华盛顿病。就病论病,让大家知道怎样预防,怎样治疗,最为重要。

美国的蟑螂也是多得名闻遐迩的。不是有人调侃说,亿万年后,地球上一切生物都灭绝了,可是美国的蟑螂,依然存在。

林语堂博士的结论就是:"外国虽有月亮,也有臭虫……外国臭虫不一定比中国的好。"

(2010 年 11 月 6 日)

旗袍与开衩

姚学吾

听到有许多友人谈到国内拍摄的一些历史故事片时,赞叹制作人和导演很注重历史真实性。如演三国时连蜀国和吴国人用的酒杯不同都做了很好的考察和研究。至于其他,如对建筑、服饰等的历史真实性也都十分认真。但令我不解的是,为什么每每演到民国时代(专指1920年至1940年)对演员衣着的真实性就不认真对待了呢?

我发现，凡演到20世纪30年代时，城市妇女身穿的旗袍（因为农村妇女基本不穿长衫，除非是地主大户家的妇女），其"开衩"（或曰"开气儿"）都长达臀部，两条大腿暴露于外，这不符合历史真实。我是70多岁的人了，生活在大城市。在1949年以前，城市的女子，不论老少，也不论春夏秋冬，一律都穿长衫，即所谓的旗袍。但由于时代局限，人们对"开气儿"的长短很是注意。良家妇女怎肯把大腿露出那么多？中学女生和大学女生在那时受洋学堂的教育，应当是最开通的了，但她们的"开气儿"，也只开到膝盖。年过30岁的妇女，不论是家庭妇女，还是在外面工作的，她们旗袍的"开气儿"，都在膝盖以下。如若不信，请找找历史图片。可以看看宋氏三姊妹（宋霭龄、宋庆龄、宋美玲），她们的旗袍"开气儿"到什么位置。也可看看谢冰心、林徽因等知识分子的旗袍。甚至可参考20世纪30年代的电影明星，如阮玲玉、王人美、王丹凤、周璇等人的旧照片，听说上海最有名的照相馆"王开"的地下室，找到许多20世纪30年代名人的照片。当代的导演们定会大吃一惊，怎么这些明星的"开气儿"也都在膝盖以下？！是的，这就是历史的真实。

1949年以前，还真没看到有哪家小姐、太太敢穿这么裸露的旗袍在大街或其他公众场所现身。那时的社会风气是朴实的。我不敢保证那时就没有穿"开气儿"开到臀部的女人，但我可以说，"开气儿"的长短是与人品、道德成正比的。像现在电影里女人穿的旗袍"开气儿"之高，在那个时代，也许只有到妓院或舞厅里才能偶尔遇到。

当然，我这里说的是20世纪三四十年代的事。那么，今天妇女穿旗袍的"开气儿"应该多长？我没资格谈论。与时俱进嘛，没有定论，想多长就多长。现在已到了可以露肚脐、乳沟，甚至股沟的时代，愿把"开气儿"开到胳肢窝处（腋下）也悉听尊便！

（2007年6月16日）

装嫩　发嗲　犯贱

姚学吾

近日在网上偶见中央台前主持人的一篇文章，内中对时下娱乐圈里的低俗风气给以抨击。特别归纳成"装嫩""发嗲""犯贱"六个字。敝人读后甚有同感。

改革开放后，西方的思想、行为、作风纷纷涌入国内。许多人没能力鉴别，就一股脑儿认作是好东西而照单全收。特别是年轻人疯狂追逐模仿。尤其在娱乐圈里，竞相"装嫩""发嗲""犯贱"。

嫩，在字典上的定义是："初生而柔弱；娇嫩（跟'老'相对）。"年轻或年幼的人本身就是嫩的，用不着去装。故此不难想见，装嫩的必是中年或中年以上的人，拿肉麻当有趣。把个老脸拼命去做拉皮，其实嫩不只表现在面部，身体各个部位都有相应的表现。你把脸的皱纹拉没了，那你凸起的肚子往哪儿藏？你走路时的蹒跚脚步还会让人觉得你轻盈曼妙吗？装嫩总会露出马脚的。

嗲，在字典上的定义是："形容撒娇的声音或姿态。"只有小儿女们会在父母或长辈面前撒娇。但是却有老大不小的人竟在大庭广众面前，忸怩作态，说话嗲声嗲气。其效果之恶劣，常会使人忆起如猫闹春般的声音，令人毛骨悚然！

犯贱，是为贱骨头的同义词，有不自尊自重，不知好歹之意。它形容某人不顾廉耻，一味把自己的人格降低，而谋求别人的垂爱或怜惜的恶劣行为。犯贱则是一而再，再而三不顾场合地去糟蹋自己。

总之，这三样，你只犯其一，都已令人作呕。如果兼而有之,那就不可救药了。年轻人,可以活泼、阳光些嘛。中年以上的可以端庄而落落大方嘛。且不可妄自菲薄,中外娱乐圈都有许多德艺双馨的艺人,令人起敬。怎不效法他们呢?

(2007年11月3日)

握手的起源

海 宁

前不久在学校附近旧书店淘得一本十分有趣的小书,里面有关于中世纪以来各种稀奇古怪风俗人情的小品文。其中一篇谈握手的起源:原来它是中世纪骑士制度的产物,那时几乎是丛林时代,好汉用剑说话;但见了人不知是敌是友,总不能时时亮剑,为了证明善意、手中无武器和暗器,大家见面时就伸出手来,最好互相裸手探索一番,这就演绎成了后来的握手。这个不难理解，大概昔时中国不同帮派土匪间联络，为了证明无武器而各自拍手接近也是相同的道理。

说来好玩，据考中国古人并不握手，庄稼人见面问吃了没，而读书人见面拱手。男女授受不亲，男人和女人更不握手；握手的习俗是跟"红毛英咭唎"（注：不是"吉利"）们学的。

因为是舶来货，国人学了百来年仍是生疏。握手里有学问，这个学问值得探究。握手的话题是我的一些美国友人先提出来的，说有些中国人握手不自然。

不自然吗？我留心了一下，果然。

有的人手很怯，有的人手很贪，有的人手很鬼祟，有的人手很漠然。至于手湿、手冷、手糙、手抖、咸猪手之类暂不在这个讨论范围之内。

手是有表情的。这一点有人初闻可能不同意，但我想他们略一琢磨就能明白这个道理。

你会握手吗？请自问一下。我接触过的手不下千百种，回顾老美哥儿们的话，确有体会：有的人的手像冻萝卜，有的像黏湿的章鱼脚，有的活似冻猪蹄，更有一类轻飘飘的像棉花或弹出去的一片湿云,透着做人的漫不经心和不真诚。

有的人送出去的手不是给人握的,而是赐的。这样的手不是招呼朋友,而是制造敌人。更有一些造作淑女,故作娇贵,像是恩赐的手,送出去的不是手而是三根手指,有的是兰花状,有的是耷拉的葱叶。

这却并不可怕,可怕的是那些鬼祟,偷偷摸摸地抠、掐、捏,对不该握却握着不放的手。

握手里面有文化也有阶级斗争。《红与黑》里于连发誓跟德瑞纳夫人的握手,除了是爱情也是阶级的宣言。

握手里面有经济,现在的外贸、内贸和WTO等,哪一样少得了握手?!我有个美国朋友安东尼请我去看尼亚加拉大瀑布,到他家住了几天,他的弟弟跟每个人握手,这双手厚实、真诚、有亲和力,让人觉得温暖可信赖。事后跟同行者交谈,大家都有同感。我跟安东尼一说,他哈哈大笑。这位仁兄告诉我,他的弟弟是拖拉机推销员,虽然不太能说会道,但他是上过握手训练班的。他的握手的确赢人。

握手训练班？世上真有这样的课？老美真有两下子，他们做事的确傻，但傻里透着执着。

握手不仅跟文化、经济有关，甚至跟政治也不无关系。不信，你就想想1972年尼克松见周恩来时为什么第一个出手。

（2012年1月21日）

昭君无怨

赵淑敏

流传民间已久,历史上有所谓的四大美人。王嫱,字昭君,是为其一。稍加一点儿思考就知道同时代更美的女子还很多,只是未在历史上产生影响,就没留下名姓。根据梁启超对历史的诠释,邻居的大猫生小猫那样的事即使记录下来,也算不得历史。如昭君这样的女性,因对那一时期发生了作用,事迹载入历史,才能叫"历史上"的美人。

王嫱没做间谍,也没祸国,幸运地不曾被算作"祸水女子"。但包括她在内,按写史编戏的人或小说家的想法,这些不幸的红颜,必然都有着各自的幽怨。昭君像充军一样远嫁塞外,自然也不能例外。所以关于她的戏码都大唱悲调,《昭君怨》更明明白白正面定调。怨哪!怨命运,怨匈奴,怨毛延寿,也怨君王。

论史,我发现除了认定成者为王败者为寇,家天下观念的正统主义,更强烈的是大汉文化、沙文主义的本位意识,分析所谓胡汉问题,习惯于只站在汉族立场看事。写史与读史者,多痛责匈奴、胡虏、鞑子等的野蛮、好战、挑衅、寇边、抢劫、杀戮,却不习惯站在他人立场反面思考。实际上那是他们谋生解决经济问题的一种手段。

从经济上着眼,战争是耗费资源最多的项目,庞大的军费、人命的损失、社会民生的不安,再加战后疾疫发生的可能以及复员安顿的问题,就是战胜也还是败了,至少死去的人回不来了。所以尽管历来国人都推崇战场上的英雄,我以为那大智大勇、弭兵息战的人才是真英雄。因此不管昭君是因何自请和亲的,成为宁胡阏氏就是解万民之困的功德。何怨?!

(2007年8月4日)

李二先生是汉奸吗

赵淑敏

在网络新闻上看到一则消息,标题为"学者还原历史,李鸿章是背黑锅冠军",是根据国内民间学者在《南方周末》上发表的意见,备述李鸿章的冤枉和委屈,说是替清政府背了黑锅。看到这则消息,为之哑然失笑,这算得什么"新闻"呢?可笑台湾的小记者竟用八九百字去报道这则"翻案"的消息,他实在应该重修《中国近代史》的课。历来真正的历史学者,都不会感情用事笼统地批评李鸿章是汉奸。

1895年《马关条约》签订,内容之苛刻虽非绝后(后来的《辛丑条约》更丧权辱国),却是空前。但是若不是李鸿章在日本挨了枪子儿,日本方面怕引起国际交涉,并且黄海上中国海军已大败,陆战日军打过了鸭绿江,到了辽东,威胁北京的情况下,日本方面还不肯和谈。同时,哪里像该文中说的没人敢去谈判,是派去的代表,日本都拒绝,一定要一位当得起"割地赔款"大任的重臣才肯接受,意思直指李鸿章。李鸿章并不想去,却不能不去。

割让了台湾、澎湖列岛及辽东半岛,赔款二万万库平两,另外还有许多有关商务贸易利益的条款。这样的条约,从朝中到百姓一片哗然,于是"李二先生是汉奸"就成了当时泄愤的流行语。后来辽东半岛由于俄、德、法三国出面干涉,新兴国家日本卖交情给这三国,却不放过中国,让中国以三千万两白银赎回辽东,所以整个赔款变作二亿三千万两白银。因战败的刺激,才有各省入京赶考的举人上书皇上,光绪皇帝才会说"我不能为亡国之君",才会有戊戌变法及后续的历史事件连锁发生。而清政府终于被推翻。

其实李鸿章跟日本外相陆奥宗光的谈判记录内容很容易找到,记得非常传神,李鸿章已尽了力!为了替国家省一些钱,比如无奈之下,他力争以户部征税的"库平两"(国库收税单位)核算赔款,不用"海关两"为基准。因为当时凡赔款或借款都由关税担保,一向都采用成色较高的海关收税标准,从这一事便知,李二先生不是卖国的汉奸。

很多很多年了,从清朝到晚近,国人面对历史,往往只看表面不去探讨深层;只看结果不管过程;只主观地情绪化论事,不肯客观地体察现实,将"爱国主义"单纯地僵化、硬化、情绪化,去解读演变多端的历史,而不能在剖析历史后,从中学得理性的判断,获得教训。

(2009 年 6 月 13 日)

求 婚

赵淑敏

电视上常有画面,报纸上也常有报道,某某男子向他的爱人求婚,想出千奇百怪的方式,以求达到震撼的效果。有人在海边请大海见证;有人在游人如织的观光花园里;有人在气氛浪漫的法国餐厅的烛光下,拿出钻戒;有人在高楼上悬一块巨大的广告,写着:"××,我爱你一万年,你嫁给我吧";有人扮成小丑到女友家门前去耍宝以博一灿;还有的在闹市街头单腿下跪,献上鲜花。还真会哗众取宠呢！

这些花样百出的求婚戏码，目的都是希望获得许诺，缔结良缘。天时、地利、人和的条件配合得好，表演自然，见得到深情诚意，的确会打动芳心，感动旁观群众。但某些形象气质跟他说出的文艺台词不搭调，让人看了就会鸡皮疙瘩掉一地，反像在演闹剧。不过也有不演闹剧就不行的男主角，因为女孩子要满足被人"苦追成功"的虚荣心，勉为其难地演自己不擅长的戏。

某些情况，女孩子还在犹豫，难做决定，男士只好想出点子，出奇制胜，以昭告全世界的诚心与勇气，俾求获得芳心。也许有用，但是有时错估形势反弄巧成拙，因为人家不愿嫁只会玩庸俗游戏，不成熟的人。如今人的活动常常受广告学、营销学的左右，感情事件也不能例外，凡事形式化。就求婚这样的事，也跟数钞票有关，动不动999朵玫瑰，花店固然可以做一笔好生意，但是要表达爱意之深，难道一定要这样造作吗？

现在的人越来越不爱结婚了，因为对人家没把握，对自己也没把握。能找到两情相悦，愿真心相守的那一位，实在是美丽的故事。不怕被未来家庭琐事磨损情感，只会当成美丽的记忆。不一定要轰轰烈烈的求婚仪式来助兴。现在星字号的人物，流行"先有后婚"，这种事五六十年前也不少，不值得大惊小怪。但有一句话很令人感冒："假如你怀孕了我们就结婚！"这真是最可恶的求婚辞令，把心爱的人放在什么位置上了呢？

（2007年12月22日）

钻石也是石头

赵淑侠

记得很多年前,一位好莱坞的艳星访问台湾,记者指着她手上的大钻戒问:"您喜欢钻石?"艳星道:"没有女人不喜欢钻石。"我直接的反应是,她说得不对,因为我就不喜欢钻石。

我不喜欢钻石的原因,不是因为钻石不美,而是我当时总共只看过一枚钻戒,是母亲从娘家带来的嫁妆,黄金框子镶着一粒亮晶晶的钻石,非常美丽。但我认为那只能供欣赏，不能戴在手上，原因是怕沾了俗气。那时我已看过许多文学书，心醉如痴，作家梦已开始，最怕的是庸俗。在我的观念里，穿金挂银，手上戴着亮光闪闪的戒指，平添尘气而已，要那劳什子做甚！所以我是任何首饰也不戴的，母亲想给我一点什么，我立即连声拒绝。

想不到的是，天下事日久会生变，包括自己的思想和兴趣。进入中年期，我竟对钻石、宝石之类的饰物大感兴趣起来。走过珠宝行的橱窗，也像很多女性一样，会停住脚步细细欣赏，心中不由得生起喜爱之情，索性买来据为己有。有那么一些年，我的确算得上是珠宝的爱好者，为这项嗜好花了不少钱。到国外去演讲，没有钞票带回家：演讲费已买了珠宝首饰。

不知是看尽人世沧桑，还是悟出了世间繁华如梦，瞬息即过。近年来，我对珠宝的态度，又回到最初的原点，了无兴趣。但理由并非是原先的怕"俗气"，其实像钻石、宝石那么华美高贵的东西，一点也不俗气。主要是我看它没用，怎么看都是身外之物，与一个人的内在拉不上关系。如果是个快乐的人，不戴珠宝照样很快乐；如果不快乐，即便戴一枚十克拉的火油钻，就算得到快乐，那快乐也是短暂的，不会在心里生根。说穿了，再光灿名贵的宝石也只是一粒石头，当然钻石也不例外。

（2007 年 4 月 21 日）

四

纽约灯火

拍卖曼哈顿

陈 九

拍卖曼哈顿？对，如果你有钱，请加入收购行列。

曼哈顿正在易手，著名地标建筑富来特林大厦的钥匙已握在意大利人手里。克莱斯勒塔的所有权即将移交，新主人是阿拉伯联合酋长国的一位王子。位于中央公园附近的繁华大酒店，很快将属于沙特阿拉伯的投资商。毫不夸张地告诉你，这波收购潮正一浪浪前行，几天前《纽约时报》刊登过一张曼哈顿日出的照片，灿烂的朝霞升起在金色的纽约,不知明天太阳再次升起时,曼哈顿到底属于谁?

由于美元急剧贬值,曼哈顿房地产市场的相对价格出现了戏剧性变化。加上油价上涨,很多国外油商赚到钱,再把钱投到曼哈顿房市上,这些综合因素是曼哈顿房产频繁买卖的直接原因。家住纽约布鲁克林的堪培尔先生说,尽管都说什么地球村或经济全球化,但当曼哈顿正在属于外国人,心里还是难以接受。我的天哪,这是真的吗,难道这就发生在家门口儿的纽约?

没错,曼哈顿此时像待嫁的女人,媒人踏破门槛,情郎接踵而至,天要落雨娘要嫁人,不随她去又能怎样?据报道,著名的埃斯克斯大酒店,最近易手到科威特投资商手里,通用汽车公司大厦正被瑞士财团收购,以色列商人已为乌尔沃斯大楼——一座当年世界最高的建筑,付下定金。满耳是卖卖卖,满眼是买买买,只杀得天昏地暗、风烟滚滚,群龙见首而不见尾也。

也许你问,拍卖曼哈顿是否意味着美国经济正在垮掉?不,不能这么说,下这个结论为时尚早。一般来说,房地产投资有两大特点：一是投资额巨大；二是资金回收周期长，这与股票投机不同，不能捞一把就跑。外国资本涌入曼哈顿，说明投资者对美国经济前景还是有信心的，否则怎会把大量金钱扔在这个岛上。

纽约大学城市规划系教授米歇说，人们常把所有权和自尊混在一起，实际这并非一回事。你为何不想想，建筑是搬不走的，它永远在这里，在曼哈顿。正是这股收购风潮，拯救了纽约的房产市场，难道你真想看到这些地标建筑一栋栋破产，变得一文不值吗？早在20世纪80年代，我们曾为日本人买下洛克菲勒中心暴跳如雷，那又怎样呢，房子是商品，就是卖来买去的，这有什么奇怪。

纽约房地产协会主席史蒂文也说，我们不必大惊小怪，这种事其实一直都发生着，当年曼哈顿岛不就是早期荷兰移民从印第安人手里买下的。接着是英国人、德国人，一批来了一批走了，长江后浪推前浪，我们仍然越来越富有强大。

话是这么说，曼哈顿是美国经济心脏，如果对它都失去信心，那美国恐怕早就万劫不复了。但不可忽视的是，曼哈顿建筑这样大规模易手，历史上十分罕见。其中更重要的原因是，这些名贵建筑的原拥有者往往是华尔街大财团，他们在次贷危机中深受创伤，急需现钱周转，因此不得不将老棺材本搭上，以摆脱困境。由此可见，美国目前所面对的经济减缓比人们想象的更加深刻。要想走出阴影重获生机，恐怕尚需时日。

（2008年6月28日）

孤独纽约

陈 九

纽约人喜孤独。这个孤独不是小资情调,是实打实的孤独。个人,自己,封闭不分享,万事不求人,不走动,不来往,不敞开心扉,你是你我是我,关键是这个"独"字,在纽约文化中占重要地位。无独不纽约,没这个"独"字就无法适应纽约生活。

比如说:独居者很多。据统计,纽约独居者超过适龄人口的一半,纽约是全美独居者最多的前三位城市之一。甭管是什么原因,没找着对象的、离婚的、寡居的、不打算结婚的,十分普遍,而且没觉得怎么不好,没觉得是个缺陷。我看国内办相亲大会,好多家长为独身子女找对象,手里攥一把照片,跟攥一把好牌似的。纽约没这个,家长管不了这事,顶多问两句,绝不会满世界给儿子寻摸女朋友。按纽约人说法,结不结婚是私生活问题,私就是独,完全没必要与他人分享。中国剩女应该到纽约来,这儿才是你们孤独的天堂。

还有,纽约人对个人的看法很明确,就是自己,自己就像国家,有边界有领土,谁也不能侵犯其独立主权,包括妻子儿女,亲戚朋友,都是另外的国家。他的国家可以与别国建交,签订各种条约,结婚条约,离婚条约,但并不改变他仍为独立国家的事实。比如两口子,明明是夫妻,血乳交融,可纽约人不这么看,很多家庭实行分账式 AA 制,各自亲友关系未必延伸进夫妻关系中。甚至一方患病,另一方问,你说让我怎么做,怎样能帮到你?这要在咱们那儿就得离,都病成这样了,你不知怎么帮我?纽约人习惯反着想,管错了怎么办?

算谁的？在此我奉劝各位大姐儿，最好别嫁老外，玩玩儿可以，当真不行，孤独死你。

家庭如是，其他关系更如是。纽约不流行铁哥们儿，一起扛过枪也白搭，在个人与他人关系上永远有边界，与其说是利益，不如说是权利，他不跟你分享，不光怕自己受伤害，更认为你无权知道。朋友间处事都遵循游戏法则，不该问的别问，不要打听别人的隐私。说到隐私，孤独与隐私是一对儿，有此必有彼，有独必有隐私，隐私是因孤独而存在的。尊重隐私就是尊重孤独，尊重个体的存在，因为孤独必然寂寞，寂寞就必有排解方式，因人而异千奇百怪，各村有各村高招。实际上隐私是个巨大市场，纽约数不清的生意买卖都与解决隐私相关。比如酒吧、赌场、健身房、电影院等，都为孤独者排解寂寞做出贡献。而这恰恰是纽约生活的典型方式。中国有慎独之古训，独自存在时不应妄为。纽约没这个，慎独其实就是装深沉，纽约人不装。

纽约人的孤独情结深入骨髓，化不开打不掉，与他们亲近要有心理准备。有人说纽约不也有古道热肠吗？

两码事,他那是为上帝做的,不等于稀罕你。即便你反过来跟人家套词,他还会保持与你的边界和距离。只有一个办法让他们改变,就是把他们都扔中国去。有些老外到中国不想走,融入中国社区生活,享受中国人的伦常亲情,那是他们第一次体尝人情的魅力,了解人情是何等重要的价值观。

(2014 年 9 月 21 日)

漫步纽约的作家

陈 安

纽约是作家们的热门话题,不论居住在此或临时来访,他们都会留下一些关于这个大都会的文字,有人还会根据这些文字撰稿或写书,让更多人了解纽约,尤其是作家心目中的纽约。最近便有《漫步纽约》(*Walking New York*)一书问世,作者史蒂芬·米勒把多名诗人、作家"引见"给读者,让他们畅谈对纽约的印象。

不论已故或健在,作家们似乎都在散步,漫游在曼哈顿大街或布鲁克林小巷，一边徐徐而行，一边念念有词。曾任《纽约客》编辑的散文家E.B.怀特（1899—1985）感慨说："纽约是一座机会之城"，"纽约人具有一种属于某种独一无二的、世界性的、强而有力的、无与伦比的东西的感觉"，"纽约可以毁掉一个人，也可以成全一个人，这要看运气的好坏。没有人必须到纽约来生活，除非他希望自己有好运"。

九旬诗人劳伦斯·富林盖蒂曾远走高飞，最后又返回故乡。他在诗中写道："有一次我出了远门／环绕地球而行／结果却停在了布鲁克林／和那座桥啊，我有太多的缘分"。他的最佳诗集是《记忆中的康尼岛》。走遍世界各地，诗人魂牵梦萦的还是布鲁克林的大桥和小岛。

哈特·克莱恩（1899—1932）为写组诗《桥》，前来纽约搜集素材，他衣衫褴褛走在街上，就像个流浪汉，可在这个青年诗人的眼里，布鲁克林大桥是一座"诗的桥"：它像竖琴，又像祭坛，它是富有生命力和创造力的曲线，象征着美国未来的乌托邦。

诗人沃尔特·惠特曼（1819—1892）始终以乘坐布鲁克林渡船、漫步曼哈顿大街的形象留在美国读者心目中，听他唱《大路之歌》："走呀！带着力量、自由、大地、风雨雷电，带着健康、勇敢、快乐、自尊、好奇；走呀！从一切陈规中走出来！"

文学评论家艾尔弗雷德·卡津（1915—1998）是布鲁克林人，评论过从海明威到梅勒的许多美国小说家，其自传三部曲的第一部题为《城里的步行者》，可见他也喜欢漫步纽约，喜欢那种"独一无二、世界性的感觉"，感谢纽约给他好运，成全他成为著名学者。

《漫步纽约》所提及的作家还有19世纪的赫尔曼·梅尔维尔、亨利·詹姆斯，20世纪的伊丽莎白·哈德维克，21世纪的科尔松·怀特海德、特吉伍·科尔，他们对纽约都有好感、亲切感。詹姆斯尽管不大喜欢曼哈顿的摩天大楼，后来还移居英国，但在伦敦写的作品都流露了对纽约的怀念，其中一部长篇小说便题为《华盛顿广场》。

笔者先前注意到纽约客、剧作家兼导演莫斯·哈特说过的一段话,觉得这段话对纽约的特点做了精辟概括:"这个城市唯一需要的证书是敢于梦想的勇气。那些敢想的人,不论是谁,也不论来自何处,有勇气打开这座城市的大门,打开这座城市的宝库。"

(2015 年 5 月 2 日)

摩天"石笋"时代来临

陈 安

"9·11"事件似乎给摩天大楼写了份"讣告",谁愿意再去造类似世贸中心易遭恐怖袭击的高大建筑?可事实相反,如今世界各地的高楼大厦越造越多,而且就像刚发育的中学生互比高矮一样,不少城市竞相比赛,看谁盖的楼更高,吉隆坡、芝加哥、迪拜、上海、台北、香港,现都以摩天楼自豪,又因比不过更高的新楼而怨艾。

摩天楼可以是一个国家或地区经济力量的彰显，可以是建筑家们一种精神和科技上的新追求，也可能是解决城市地面空间骤减问题的良策。对纽约人来说，再建"世界贸易中心1号楼"则是向恐怖组织显示无畏气概。近年来，在纽约更出现了高楼建筑的新景象，在曼哈顿早已密集的楼群中将出现大片摩天"石笋"。

溶洞中的石笋，直立，像笋，又高又细。在曼哈顿，许多已建、正在建或将要建的高楼就如石笋一般，媒体纷纷用"世界上最高最瘦的建筑"或"西半球最修长最苗条的建筑"加以形容，并宣告"石笋摩天楼时代"的来临，若由中国记者报道，"见缝插针""雨后春笋"这些成语必不可少。

"石笋"大楼首先出现在曼哈顿中城、中央公园南侧。如始建于2012年，2015年即将竣工的公园大道"432号楼"，又高又瘦，有96层楼，427米高。若以楼顶高度计算，它高于新建的"世贸中心1号楼"，为纽约市最高楼。将于2015年中期建成的"石笋"摩天楼还有西57街的"111号楼""217号楼"和格林威治街的

"125号楼"。

肖普建筑公司即将盖完的"111号楼"是一座典型的瘦高楼，430米高，宽度与高度的比率是1:23，一支标准铅笔的宽高比率是1:30，而前世贸中心的比率是1:7。你可以想象，这座高楼就像一支细长的铅笔高耸在中央公园旁，当然是一支玻璃幕墙"铅笔"，沿四堵玻璃墙走一圈，你便可将中央公园、哈得孙河、中下城和东河尽收眼底，美不胜收。

这种"石笋"楼确实很细很瘦，却又高及云天，真令人担心，一旦有狂风、地震，它们能否承受。可建筑家毕竟是科学家，自然不会乱来。最近几十年里，建筑工程师们致力于建筑材料改革，使钢筋混凝土强度大为增加，因而使建筑外壳支柱的尺寸大为减小，这就使建造"石笋"高楼有了绝对把握。

这些摩天楼大多是奢华的高价住宅楼，显然只供富人们享用，有人因此认为它们是"由过多财富勃发出来的楼宇"，更能体现整个城市的贫富差距。《纽约图书评论》刊文道："假若如哥德所说，建筑是凝固的音乐，那么这些瘦高楼就是直立的钞票。"不过,也有人不作此想,却引用惠特曼《草叶集》中的诗句表达自己的心情:"无数拥挤的街道,钢铁长城的高楼,细长,结实,轻快,壮丽地涌向晴朗的天空……"

(2015 年 5 月 30 日)

纽约"穷人门"

蔡维忠

纽约市曼哈顿的上西城（Upper West Side），位于中央公园与哈得孙河之间，是银行家、律师等高收入人群的居住区。最近，开发商 Extell 正在河边兴建一座 33 层豪华型公寓楼（河滨大道 40 号）。楼内设有游泳池、健身房、游乐场等高档设施，正面俯瞰哈得孙河以及河对面的新泽西。在寸土寸金的曼哈顿，能在这栋楼房里拥有一单元的人，自然都是身价不菲之辈。

公寓楼中有219个单元将卖给富有的买主，还有55个单元将出租给低收入家庭。这两部分虽然属于同一座楼房，却互不相通，出入使用不同的门。富人昂首阔步从前门进出，穷人只能走边门，既无法享受那些室内豪华设施，也不能快意欣赏哈得孙河风景。边门被称为穷人门（poor door）。此门总是让穷人们联想到隔离和歧视。政客和媒体把它视为现代社会的耻辱，群起而攻之。新任纽约市市长白思豪正高举解决经济和社会不平等的施政纲领。他和一批市政府官员更是带头发难，发誓不让同样的事情再度发生。

在市长虎视眈眈的眼皮底下，纽约市有关部门于2014年7月竟然给建造这栋公寓楼的开发商开了绿灯。有关部门之所以敢于批准，则是根据前市长彭博任内的市议会通过的包容性住房项目。白思豪当时任市议员，也是投票赞成该法案的。法律条文在，不批还不行。该项目本意不错，它允许开发商建造超额住房面积，但必须将一部分以低价租给低收入家庭。也就是说，市政府给开发商好处，开发商则给低收入者好处。例如，河滨大道40号公寓楼每单元售价为200万到2000万美元，房租则是每月850美元（单卧室公寓）或1100美元（双卧室公寓），仅为市价的20%~25%。什么人有条件能租上一套呢，第一是低收入（家庭年收入低于5万美元）；第二是运气，靠抽奖决定。白思豪当时看到了这个好处，能把穷人、富人整合到一个屋檐下，让穷人享受富人区的住房。但他没料到会弄出个"穷人门"来。

对于此事，开发商是怎么想的呢？开发商认为，富人总是只愿意和富人住在一起；如果富人和穷人都能使用公寓楼前门，享受楼内的所有设施，那么富人就不想买了，公寓楼也就建不成了，穷人也就没机会跟着享受了。开发商老总巴尼特坚信，会有上千人来申请租这55套低租公寓的。开发商首先考虑的是盈利与否，至于社会正义，那是次要的，或者根本没必要考虑。

租房的房客又会有怎样的感受呢？虽然有人会觉得尊严受到冒犯，但愿意参加抽奖的人肯定不少，他们会很愿意接受"穷人门"的安排，因为房租着实超便宜啊。纽约市布鲁克林区已经有两栋设有"穷人门"的公寓楼投入使用。有些租房者虽然希望也能和富人拥有同等的享受,但是他们对于能以超低价房租住进来,一般也都很知足了。

一件看似利民的好事,怎么会由贫富整合变成贫富隔离呢?其根源在于美国的贫富差距正在拉大。富人住在富人区,中产阶级住在中产阶级区,贫民住在贫民区。所谓隔离早已是不争的事实。虽然一部分人可以通过努力打破隔离,但是大多数人还是不能挣脱自己所属的阶层。只要不把贫富阶层拉扯在一起,他们便在属于自己的地盘与其他阶层"和谐"隔离着。

真正要解决隔离的问题,需缩小贫富差距,仅仅把穷人和富人整合在一个屋檐下是没有用的。

(2014 年 10 月 5 日)

"圣水"危机

众小川

曼哈顿上西城住过一位体态如山的法国老太婆。她懒惰刁钻,三句话不离上帝,被人们戏称为"圣母"。她的褐石建筑藤萝缠绕,很有"小天堂"的意境。"圣母"养六只狗,眼放绿光地镇守在地下室。人狗终日等待房地产商的朝拜,然后又在尿臊、狂吠和咒骂中把朝拜者轰走。

"天堂"里有四层楼,我们四户人家各租一层。房客都是无神论者,"圣母"倒也不在乎。她家在纽约"吃瓦片儿"70年,懂得犹太人和中国人的房钱最好收。

"圣母"的内政与外交截然相反。她对外把我们包装得神乎其神:有钱的被吹成"创业家""名医""贵族",没钱的就是"莫扎特""梵高"之类,连我都成了"小巴尔扎克"。她一关起门,便对我们抡起大棒,每月房租到期还有四天,就给每家打"倒计时"电话。大家唯恐被踢出"天堂",只得充当"圣母"膝下的小绵羊。

那一年,"圣母"得知我要去罗马,说想托我办事,我真是受宠若惊。

"去圣彼得大教堂,给我求一瓶'圣水'回来!"

"圣母"撩起裙子,给我看她大腿上恶毒的脓疮。我满口答应。

我在圣彼得广场买了装"圣水"的瓶子。瓶子是玛丽亚造型,线条粗壮,活像是"圣母"的临摹。我赶到"圣水"池,却发现是干的。又找了几个,还是干的。仅有一个小水洼,里面一只蚊子正在呛水,眼看要毙命。

我连着好几天去圣彼得，都没有找到干净的"圣水"。我就纳闷，这里没有"圣水"，而买"圣水"瓶子的人却很多，难道善男信女们带回家的都是假"圣水"？罗马到处是清泉，要不我就灌满泉水……要不就带空瓶子回纽约，用自来水冒充……还是多少掺上几滴圣彼得的真"圣水"吧……不行，真"圣水"太恶心，"圣母"的脓疮肯定感染……

我在罗马的烈日下徘徊不决。

信仰就是力量。"圣母"涂用我带给她的"圣水"才两天，疮就见好。纽约的自来水好厉害！我心潮起伏，但强装镇定，继续做小骗子。假"圣水"治病化灾，靠的是真信仰。有多少瞎子、瘸子、不孕者和抗癌者都在求"圣水"呢，要是能救他们，我恨不得把我家的水龙头接遍全世界。

"圣母"死了，最终没能靠"圣水"战胜肺癌。正如她在威胁房客时常说的，她把房子留给了天主教会。一位被"圣母"迷恋过的神父被委托管理房子。我们这些非教徒相继搬出。

神父入住不久，就被指控多年来与良家妇女有奸情，引起社会震动。一夜间，几块砖头飞进他的窗户。教会让神父就地修行悔过。神父从此读书弹唱，把窗户玻璃画得红红绿绿，腿也好了，扔掉拐杖，活得很张扬。有人惊诧，说神父不怕人骂，还不怕神的唾弃？

　　我知道，神父之所以不怕，因为他过的是人的生活，而不是神的神话。贪婪、虚荣、酒色、惶恐、死亡，这些比经文更磨炼人。再说，神父现在天天有"圣水"泡脚，还怕站不稳？

（2010 年 2 月 6 日）

阿凡达时代

瓷娃娃

布鲁克林桥附近的区域,如今成了纽约继格林威治村、苏活区外第三大的艺术家聚居地。过去的旧厂房举架高高,改造成了现代艺术气息浓厚的画廊、酒吧、咖啡馆和家具店。街上走着的男男女女衣着时尚,气质不俗,与周围景致相映成趣。艺术家是大众生活的理想,他们思想解放、意识超前,天真、放浪、执着、疯狂,时时肯定和否定着别人和自我,不断打破些旧的东西再创造些新的东西。如同他们普遍喜爱在深色调的服装上大胆使用亮色一样，他们的存在和前卫的生活方式，仿佛普罗晦暗人生中的一道闪电。

一街相隔的地方住着的另一群人，却仿佛是一声闷雷了：那些永远穿着黑色的哈斯第克人（Hasidic Judaism）。

哈斯第克是犹太教中最保守的一支，恪守着传统教义中种种清规戒律，具体教条我们外人永远搞不清楚，能看到的是：成年男女永远只穿着黑、白两色服装，男人戴了高高的礼帽或者厚重的毛皮帽子，从小便"黄发垂髫"，发顶剃掉，单留鬓边两绺卷作管状垂下。女人扣子系到领口，裙子长过膝盖，除了一张苍白小脸儿都包裹得严严实实。最过火的是，结了婚的女子要将自己头发剃掉，戴假发，还要拿头巾将头包裹起来，据说怕其他男人看了她的秀发心存不轨，干脆先将人家未必起的念头绸缪掉。哈斯第克人讲古老的希伯莱语，以犹太庙为居委会团结在一起，一切听拉拜（rabbi）的。拉拜相当于咱过去的族长和宗教导师。他们家里不用现代电器，生活俭朴，自给自足，有全套的教育体制和婚丧嫁娶传统，不和外人通婚，保持血液的纯净。想来娱乐生活有限，又不节育，各家的孩子都是一群群的，大的带小的，穿一色一式衣服，好像特种兵部队。

这么多的孩子怎么养得起？他们还真养得起，曼哈顿57街的钻石市场，几乎全部都是他们的天下，而以卖摄影器材著称的BH，也是他们的产业，更不用说大批的房产土地外租了。

女人在家生养教育孩子，男人出外辛苦赚钱。我在街上想找一家好的餐馆都没有，仅有的两家快餐店，食物非常简单，看样子大多数人都还是在家吃饭。店铺不多，药店、书店、鞋店、绣花头巾店，我一家家进去逛，药店有很多保健品维生素，不知是不是kosher的。书店内大多为希伯莱文书籍，右排倒写，我纯文盲。鞋店卖女人鞋，朴素的半跟黑皮鞋，没品牌没花样。绣花头巾店没开门，从外面看都是一色的白，上面提花绣花也是白，好像小时候妈妈们流行钩的电视机罩、沙发套。服装店最震撼：一色的黑，无论男装女装。好像最热闹的就是书店和裁缝铺，人们排了队定做、领取衣服。难为老裁缝，那么多一色一式的衣服，竟然不乱。

春暖花开，哈斯第克人地盘里，像我这样的好事闲逛者不少。拍照的，看新鲜的，找他们询问各种问题的。他们用带着希伯莱口音的英语礼貌回答，有礼却并不热情，问一答一，让你无法将谈话拉长。

不远处的艺术家区仿佛IMAX-3D电影《阿凡达》（*Avatar*），让人感官满足、视觉震撼，这里却立刻将人打回到黑白默片年代，让你无法不愕然。

电视新闻里有天突然破天荒来了个哈斯第克拉拜讲话，他代表哈斯第克人严重抗议在布鲁克林桥区域人行道附近划分自行车专行线。因为以那些艺术家为首的时尚人士，经常穿着过于暴露，骑车在他们的地盘上招摇。

看得我突然笑起来：原来哈斯第克人，才生活在真正的阿凡达时代！

（2010年4月5日）

硝烟弥漫的爱情

瓷娃娃

昨晚去看了那部新片 *He's Just Not That Into You*（《他其实没那么喜欢你》），去看这种爱情喜剧片的当然大多是女性和情侣，所以银幕上和银幕下都有情况上演，看到会心处、同情处、分歧处，尤其是扯淡处，观众席笑声、嘘声、谈论声、争辩声不绝于耳。这片子是从一本同名热销的书改编来的，基本是教育渴望爱情的男女如何不被感觉和渴望冲昏头脑而能准确接受来自异性的求偶或拒绝信号。可感觉这东西说得清楚吗？说不清楚。越得不到的越想要，分析、研究、推理自相矛盾，简单事情搞复杂，斥力越大引力越强，所以在那信号的发射台如此频率混乱的情况下，那信号的准确程度可想而知。

Barnes & Noble 书店（巴诺书店）把那本同名书放到 self improvement（自我提高）类去了，这种分类值得玩味：对感情的渴望是出自人类的动物本能吧？但显然我们这些进步了的现代化人类，现在要通过学习和提高，才可能完成这最基本的需求了。

在同一个架子上分别标了：sex and relationship（性与恋爱关系）、marriage and affair（婚姻与婚外恋）几个小分目，接下去就是心理分析的书。很精辟地概括了现代人这辈子可悲的感情生活：先对性和爱产生渴望幻想，再进入恋爱期的混乱动荡，筋疲力尽地扎进婚姻堡垒，城里人要出城，整几次或危险或奇巧的婚外恋，最终老了折腾不动了，心里还不满还遗憾还后悔，自我总结一下，最终随我们烟消云散感情修炼才算毕业。

当然学业最重的时候是这个恋爱关系期,好像是晕头涨脑的高中阶段,要整明白考过那种种繁杂科目才有可能选好专业,考进婚姻这所大学。

一本指导选择恋爱对象的书开头写道:我们为找工作可以投无数简历,做许多功课,为赚钱可以绞尽脑汁寻找办法,为什么对寻找恋爱对象,这件人生如此重大的选择往往掉以轻心,不经钻研,消极地指望天上掉馅饼呢?

哇,说得多么有道理!职场、商场、情场,都是现代的战场啊!我们不战斗,就是自取灭亡!

哪位名人说的来着,什么世界上最残酷的战争其实是卧室里没有硝烟的战争。一句话冷冰冰地揭示了披着温情面纱的男女残酷的敌我立场,仿佛夏日黄昏天上突然打个闪,昏黄的天,霎时真切得吓人,绵软的瞌睡跑了,人人警觉起来。

能进得了卧室,那还算是场比较专业的古典主义风格的战争。现如今由于警惕性强导致全民皆兵,每人都穿上防弹服拿起了武器,战况更加恶劣,很多革命同志还没来得及晋级到卧室那片正式战场，就在一片骚乱中，被莫名其妙敌我不分的流弹或棍棒误伤，在影院、酒吧、咖啡馆、小饭店甚至马路上就非死即残了。

ABC 热播的真人秀《钻石王老五》（*The Bachelorette*）就是最好的爱情枪战片：一个王老五从 25 个奋不顾身的候选者中要最终挑选出一个结婚对象，于是人人使出浑身解术，夺取一份假设的完美婚姻可能。每一期都是王老五与候选者分别约会，互诉衷情，美景良宵，才子佳人，华服美食，极尽浪漫，但每期结束，都要从那刚刚热烈温存过的人儿中淘汰一个送回家。于是那些情话、那些拥吻就都显得十分可疑，亲昵与交流本来是男女沟通共存的最后绿岛了，在这种真假难辨的过度滥用中眼睁睁在我们眼前沦陷，那一个个被送回家的人，坐的加长林肯车仿佛是感情的灵车，观众在观看他人阵亡的唏嘘中得到残忍的快感。

看战争片本来是给人安慰的，让我们暂时忘记自己所处环境的危险。

然而生活在战场上，回避战斗是不可能的，这不，一年一度令人心惊胆战爆发大战役的日子又来了：情人节。

巧克力味道的硝烟弥漫，玫瑰形状的新型武器凶猛，烛光点点如同炸弹引爆信号。

武装好还是没武装好都没办法，不战斗就是自取灭亡！

同志们，冲啊！

（2009 年 2 月 14 日）

吉尔先生的幸福蓝领生活

卢蜀萍

吉尔先生在纽约上城的一家星巴克打工。每天站在柜台后收钱、倒咖啡,外加扫厕所。吉尔先生是位有志青年,当然不甘心这样默默无闻地虚度一生。他发奋图强,在打工之余不顾劳累,还去社区大学修功课。几年苦力和寒窗下来,终于功夫不负有心人,有志者事竟成,生活向吉尔先生敞开了大门,吉尔先生以优异的成绩毕业,被一家著名的广告公司录用。吉尔先生并不就此满足，他继续刻苦工作，总是第一个上班，最后一个下班，节假日也听从公司召唤，以工作为先。数年下来，吉尔先生深得公司赏识，被提升为高级副总裁，世界财富100强公司有很多是吉尔先生的客户。吉尔先生现在年收入数十万美元，他的前程灿烂似锦……

父母们很喜欢向孩子们讲述类似的"成功人士"的奋斗故事。成功，在很多人眼里，无非等于名和利。

我们现在把故事的时间顺序换一下，变成这样：

吉尔先生是含着金钥匙出生的。他的父亲是《纽约客》杂志的一个著名高级编辑，母亲来自一个富有的家庭。他们的家是上东城富人区的一栋排屋（townhouse）。后来他们搬到郊外的一个高尚社区，住的豪宅有35个房间。他们来往的都是贵人，如肯尼迪夫人和安迪·沃霍尔，与英女王也有擦肩之交。吉尔凭着父亲的关系，轻而易举地进了耶鲁。而且，还没等到毕业，又在熟人拱手相送全世界最大的一家广告公司工作。他四十多岁的时候，有着高级副总裁的头衔，年收入数十万美元，过着无忧无虑的生活。可是，有一天，他亲自提拔的一位年轻的领导层核心人物告诉他："对不起，我们必须让你走路。"

吉尔先生不得不自己另立公司，可是生意非常不顺。十几年过后，他发现自己沮丧地坐在一家星巴克咖啡店里，对生活充满了绝望，他连医疗保险都买不起，而就在几天前医生告知他，他的脑子里长了一块瘤。这时，对面的一位年轻黑人女子半开玩笑地问他要不要到星巴克来工作。前半辈子习惯了被人伺候的吉尔先生压根儿就没想过做伺候人的工作。但是走投无路使他不得不放下架子，他答应了，因为星巴克起码可以给他一个医疗保险，这是他当时最需要的。他干的活包括收银、调咖啡饮料，还有擦桌子、扫厕所和倒垃圾。意想不到的是，吉尔先生发现自己爱上了这份工作，他觉得自己的生活从来没有像现在一样充满了幸福感。这里虽然体力上比较累，但是没有精神压力，人际关系（包括和工友与顾客之间）也非常纯朴、亲近和温暖，不像从前的公司里那样虚伪、疏远甚至冷酷。吉尔先生由衷地想分享这份欣喜，于是把自己的经历写成了一本书。

吉尔先生的这本书叫《星巴克怎样拯救了我》(*How Starbucks Saved My Life*)。现在好莱坞正在计划拍以这本书改编的电影,将由汤姆·汉克斯演吉尔(Michael Gates Gill)先生。这个故事也许可以帮助我们换个角度看人生。

(2010年1月16日)

乌 拉

卢蜀萍

乌拉今年60岁出头,波兰人。将近20年前她是我的周末室友。工作日她在公园大道的一个上流社会人家当管家,周末在我们这里借住,周日定期去附近的一个波兰教堂做礼拜。乌拉个子瘦小,穿衣打扮相当时髦,不化妆不出门。她把自己收拾得干干净净、漂漂亮亮,看上去非常赏心悦目。

乌拉是1989年波共政权解体后和她丈夫持旅游签

证来美的,那些年很多波兰人都这样来了美国。乌拉找到了这份管家的活计,丈夫亚努西在布鲁克林的一家加油站工作。一年后,亚努西决定回波兰。他对妻子说:"咱们原来的政府把自己的国家比成天堂,显然是撒谎。但是他们说资本主义是人吃人,可是千真万确呀。"他说趁自己还没有被完全吃掉,赶快走人。乌拉说:"波兰也要资本主义了。"亚努西说:"咱们在波兰起点高,至少还可以啃别人几口。在这里,我们可是食物链的最底层,只有被别人啃的份儿。"他俩说不动对方。亚努西自己走了。

乌拉不在乎谁吃谁这个问题,她看到的是这里的超市琳琅满目,货物质量好,不像波兰那样物质匮乏。她每周都买上一箱的物品,包括吃的、用的,给丈夫和两个上中学的孩子寄去。

乌拉一定是非常忠诚的管家。几年后,她的主人帮她拿到了绿卡,还打通关节让她全家移民美国。亚努西回来了,为了孩子可以受到更好的教育,为了全家团聚。他们在布鲁克林租了一个火车式的公寓,亚努西还在加油站打工。亚努西在波兰时在一个建筑学校教书，他们在波兰的房子就是他自己设计并亲手盖的。乌拉曾在机关工作。亚努西很想念那时候轻松浪漫的日子。

两个孩子不久就上大学了。尽管亚努西不同意，乌拉坚持替孩子们交学费，包揽他们的生活费。她不忍心让孩子们借贷过日子。又几年过去后，孩子们大学毕业了。乌拉的雇主又出手相帮，把他们安排到自己公司工作。随后孩子成家、生孩子，都买了房子。而乌拉夫妇仍租公寓住，只不过搬到了更小更便宜的地方。

几年前，我去看他们。亚努西靠在床上，他摔了一跤，伤到了腿骨，伤痛使他不能工作。乌拉平常还是去曼哈顿的上城上班，只有周末才能回家照顾他。孩子们都忙于自己的事情，很少来看他们。他们说想等乌拉退休后搬到费城住。我问为什么要离开纽约，他们说钱都用在孩子们身上了，积蓄只买得起费城的房子。这时，亚努西忍不住埋怨乌拉，说她太溺爱孩子，本来孩子们上大学应该他们自己贷款。乌拉没说什么，看得出她有点无奈。"我只希望孩子们能够常来看看。"

她叹了一口气。

去年春天，乌拉路过我家，告诉我她和亚努西离婚了，亚努西已回波兰定居，她还住在原来的地方。"孩子们经常来看你吗？"我怕她孤独。她笑笑说："他们很忙。他们有时间的时候我去看他们。"她拿出外孙女的照片，很自豪地说："你看这两个小家伙多可爱。"我仔细打量了她一下，她脚蹬着黑色高跟皮靴，身着大红色风衣，系着白围巾，深邃的蓝眼睛、蓬松的金发、白皙的脸颊，虽然是年过花甲的人了，还是那么清爽、时髦、典雅。可是，我同时也能看到她的眼神里有一丝忧伤。"你有空时过来坐坐吧。"她拉着我的手，恳切地说。

不久前，乌拉来了个电邮，说她要搬到我家附近的政府资助房。她终于可以回到她喜欢的东村住，字里行间可感受到她的兴奋。"我们离得近了，你可要常来我家啊。"她不忘提醒我。

（2010年3月13日）

长蛇阵

赵淑敏

如你从高效率的地方来,实在对纽约许多公共事务机构不敢恭维。以前习惯的是便民,不是便官或便管;这里可不同了,常常风里雪里排着几转长蛇阵,一站数小时。房子里面的先生小姐们(尤其是那些翘着花花绿绿的指甲,谈天说电话的小姐们),完全无动于衷,不去想一点点办法疏解民困。

纽约华人聚居区法拉盛可能因为人口较少,情形好一些，没有曼哈顿的行政中枢地带移民局、社安局门前那么恐怖。不过有时也挺可怕，曾经为寄一个包裹排队86分钟。呜呼！累死了！对于有腿病的人简直是受刑。现在情况似乎好些，希望痛苦不再。

卡在长阵中做什么？有人读书报，不好！人多了常常空气太坏，特别冬天放暖气的时候，不低头看书读报已感头昏。我的习惯是在队伍移动中看风景。形形色色的人，造型、言语、举止都是人间风景。在邮局里看腻了人，我还看壁画，沿着窗口顶上都有壁画，还注明了Woodside, Flushing, Elmhurst, Forest Hills等地名，画中人物都应是十七八世纪的装束，男人戴着高帽子，女人穿着大蓬裙，形态优雅，仿佛刚从马车上走下来。哦！正是我少年时代最向往的形象。脑海里演着历史故事，可暂时忘却罚站之苦，也算是苦中作乐！

如为民着想，实在可以机动调派人手增开窗口作业，规章办法是死的，人是活的。Do something！苦中作乐还是苦！寄礼物的季节又快到了，希望能有所改善。阿门！

（2007年10月2日）

市长传奇

梅振才

我来纽约30多年,见识了四位市长:郭德华、丁勤时、朱利安尼、彭博。他们皆非我族裔,但纽约华人颇具创意,为他们的中译名冠上一个唐人姓氏,念起来分外亲切。纽约是一个传奇城市,市长皆是传奇人物。且由近溯远,逐个素描。

白手起家的富翁彭博,自2002年起,连任三届市长,至2013年终,潇洒下台。他的最大功绩,是引领纽约人,从"9·11"废墟上站起来,持续推进纽约市的繁荣和发展。他获得三个褒号:把纽约市当成一个公司来管理,最讲究经济效益,有"CEO 市长"之誉;每年只领 1 美元象征性工资,常乘地铁上班,好与市民接触,又有"平民市长"之誉;力主推行禁烟新法、自行车共享计划、禁售大瓶含糖饮料等,据说这些措施会令纽约人长寿 3 年,又有"健康市长"之誉。其祖母生长于华埠勿街,自然对华埠有好感,常来走走,有三次我竟与他擦肩而过。他会用粤语说"恭喜发财",颇获唐人好感。

彭博的前任是意裔朱利安尼,从 1993 年起,连任两届市长。初上台时,经济凋零,治安恶劣。且不说"黑手党"渗入各行各业,就我目睹的华埠,帮派横行,械斗不断,人们视华埠为畏途。好汉朱利安尼,重拳出击,既打恶警,又打恶匪。不良警察与黑道帮派沆瀣一气,是治安不靖根源之一。没过多久,匪首银铛入狱,帮派土崩瓦解,犯罪率大幅度下降,城市面貌也有了巨变,为他赢得"铁腕市长"之誉!后来因婚外情及离婚事件,受到媒体围攻,民望急剧下降。然而,他在处理"9·11"

事件中英勇、沉着、坚毅的表现，又赢得世人的激赞，被称为"英雄""美国市长"，英女王授予他"勇士奖"。这让他的离任，成为一场绚丽的谢幕！

朱利安尼的前任是黑人市长丁勤时，他所创造的唯一传奇，就是在1990年，以一位非裔身份，竟然竞选市长成功。然他任内4年，政务乏善可陈，甚至有人说是"纽约最阴郁的时期"。我记得那时去逛时报广场，这个号称世界的十字路口，随处见到游游荡荡的瘾君子，以及搔首弄姿的妓女。其他各区街头，抢劫案比比皆是，人们有时候不敢上街。丁勤时一筹莫展、无所作为，令人绝望。当时有一句口号："逃离纽约！"到市长换届时，大多数人发誓要阻止他连任，又出现另一句口号:"Get Rid of Him（把他除掉）！"他下台后，恶评居多，而我对他的印象是：一个温和的老好人，似乎不是当市长的料子！

丁勤时的前任郭德华，在我来到纽约的前3年，即1978年就当上市长了，连任三届历12个春秋。他是犹太裔，模样有点滑稽，充满幽默感，时有惊人妙语。履任之时,纽约一片衰败景象,他力挽狂澜,大刀阔斧进行改革,将纽约市从托管的险境中拉了出来,带领纽约走出经济谷底。据说他特别嗜好中国菜,每日都光顾一间中餐馆。当年,我曾和朋友在东河畔经营一间小餐馆,每天都异想天开,市长能否突然光临?他生活俭朴,毕生未婚。2013年2月病逝,享年88岁,纽约市降半旗致哀,市长彭博称他为"纽约市救世主"。

俱往矣,如今白思豪接过彭博的棒子,成为纽约市第109任市长。他一上台,便令人触目:身高6尺5寸,是历届身材最高的纽约市长;有一个非常精明的黑人太太,也是他的头号军师,人们预言,她将是"幕后市长"。历史翻新页,纽约客拭目以待。正是:身经百劫更添姿,纽约精神举世知。不尽东河前后浪,且看市长续传奇!

(2014年1月5日)

五

故国悠悠

磬　声

鲜于筝

日本投降的第二年,我6岁,父亲带我到上海南洋医院探望住院的母亲,这是我记事之始,再往前,一团雾。母亲靠在床上,脸色苍白,不时咳嗽,她无奈地问父亲:喉咙里的痰咳不出来,有什么办法?后来我从父亲和医生的交谈中听到了"肺病"这两个字。一个多月以后,母亲回家,脸色依然白如蜡,每到黄昏又红如枫。

家里谁也不告诉我肺病是什么病，我也不敢问。直到有一次姐姐带我看电影，电影里一个窈窕的新娘子染上了肺病，咳嗽、咯血，又怕人知道，只是偷偷流泪，最后死了，合眼的时候嘴角殷红，如杜鹃啼血。从电影院出来，我问姐姐："妈妈也是这病？"姐姐瞪了我一眼，眼睛红红的。

那年头，父亲为生意上的事在外奔走，居家时间不多。当时我正念一年级，每天放学回家，就在母亲床前转，絮絮叨叨讲学校里的事。然后缠着母亲讲故事，什么沈万三聚宝盆、邱丽玉麻疯病、朱买臣马前泼水，听了都不止一遍。母亲还会哼不少谣曲，"一只橘子抛上天，抛到后娘枕头边……""亢令亢令马来哉，唐家小姐骑来哉……"等等。

这天下午，提前放学，我想让母亲吃一惊，所以不像平时，一进家门就弄得乒乓山响，而是蹑手蹑脚朝母亲房间走去。房门虚掩着，我推道缝，侧身闪入。只见母亲坐在窗下藤椅里，敞着衣襟在晒太阳，雪白的胸脯在明净的阳光下亮得耀眼。母亲两眼望着窗外的天,像是在祈求什么。我吓呆了,失声哭起来。母亲转过身掩上衣襟,问:"怎么回事?"我哭着说:"妈,你在干什么?""晒晒太阳。""你是不是病得很重?""别瞎想。"母亲用手指给我抹眼泪,指尖冰凉。"来,给妈唱'亢令亢令马来哉'。"于是我拖着哭音唱起来:"亢令亢令马来哉,唐家小姐骑来哉。啥个小菜?茭白炒虾,田鸡夹死老鸦。老鸦告状,告给和尚。和尚念经,念给观音。观音扫地,扫给阿姨。阿姨买布,买给姐夫。姐夫关门,关杀一只苍蝇。苍蝇放屁,弹杀一只乌龟。"唱完,我已经笑了,说:"妈,你以后别再吓我。"母亲笑道:"傻孩子。"

这年夏天一个傍晚,洗完澡,爽身粉扑得一头一脸,小丑似的,到大门口乘凉,和街坊孩子围着邻居老汉听讲红毛僵尸。说是有个孩子,他不知道自己的母亲竟是红毛僵尸,而且已吃了99个孩子,但等吃掉第一百个自己的亲生儿子就可以得道了。这时来了个道士,他叫孩子夜里到道观去,跪在神坛前,告诫他任凭外面什么动静也不能回头,更不能答话。夜里三更一到,僵尸来了，在门外心肝宝贝地叫，甜言蜜语地哄，要儿子出来。孩子全身打颤，泪流满面，总算忍住了。斗转星移，夜色匆匆，僵尸慌了，猙猙作骂声，骂忤逆不孝，天打雷劈。继而骂声变作号叫，尖峭凄厉。殿上烛影摇晃，法器震颤。突然一声鸡唱，号叫戛然而止。天亮开门出去，僵尸已化作一摊血。这个故事听得我全身冰冷。回家我都不敢进母亲房间，躲上自己的小床上，越想越怕，直到睡去。清早醒来，初日煌煌，想起昨夜的事，后悔得不得了，跳下床，直奔母亲房间。母亲的脸依然白如蜡，眼睛又黑又亮，燃烧着。母亲问我："昨天夜里睡觉前怎么不见你来？"我一头埋在母亲的怀里呜呜地哭起来。母亲拍着我的背，说："怎么了？大清早就'眼目司堂里点灯'了，不难为情？"

母亲在第二年"清明时节雨纷纷"的时候告别了人世，才 39 岁。灵位就设在客堂里，灵位前除香炉烛台外有一口磬。姑婆说，初到阴间的"人"就靠磬声指路，而且击磬的最好是亲生儿子。于是晨昏击磬成了我的日课，平时放学回家，也总忘不了先击一声磬。磬声荡漾开去，渐细渐远还闻，犹如一缕游丝袅袅于天地间。在阴间小道上踽踽而行的母亲真能听到？我问姑婆："妈知道是我在敲？""怎会不知道！早晚一次，磬声指路，你妈就能走一天。""尽走，走哪儿去呢？"我感到困惑。"转世投胎啊。"这让我大吃一惊，我宁愿母亲一直在阴间的路上走着，迟早我还有机会找到她……

长大后投胎转世是不信了，但每次佛寺随喜，一声清磬仍能让我瞬间恍惚。这磬声引着我的魂儿又回到了童年的岁月，回到了母亲身边。也许母亲现在仍在另一世界的路上踟蹰？就像我在这一世界的路上颠踬一样。

（2013 年 8 月 25 日）

临顿桥

鲜于筝

去年在苏州,外甥女咪咪两口子从泉州来。咪咪正热心于为娘家编家谱,对我父亲1937年从吴江到苏州,在临顿桥头购屋开店感兴趣。在闲聊中问起:苏州的地名都有几分历史可考,唯独这"临顿"怎么回事,像个洋名?我告诉她,早年我也这么困惑过,后来一查书发现这"临顿"竟是货真价值的国粹,可以上溯到春秋吴越时期。范成大《吴郡志》上说:"临顿,吴时馆名……吴王亲征夷人，顿军憩歇，宴设军士，因此置桥。"

如果范成大所言不虚，"临顿桥"的历史就有两千多年了。在宋《平江图》石刻上临顿桥刻作拱桥状，但这仅仅是用来标示桥梁的符号，至于宋代临顿桥究竟什么模样就无人知晓了。我只知道我从小见到的临顿桥是洋灰平桥，两侧桥栏高可及腰，桥栏正中有一人半高的灯柱。后来听人说，在洋灰平桥之前临顿桥是拱桥。

我六七岁的时候，翻抽屉，翻出几块比麻将牌稍大的木牌，小窟窿里穿着红线，可以挂脖子上，木牌上写着"石桥石和尚，自造自身当……"大人说我小时候就挂在脖子上过。再一问才知道，说是修桥要摄取小孩灵魂，桩才打得下，桥才修得成。重修临顿桥时我3岁，小灵魂正好派上用场！好在凡事都有禳解之法，那就是脖子上挂这小木牌。要说我3岁时候，那就是1943年，这么说，临顿桥是1943年重建的，那正是日伪时期。这就都对上了：临顿桥上一块两尺长，题着"临顿桥"三个字的黑大理石上，落款是李士群，字写得很好。

李士群是日伪汉奸、大特务，1942年兼任过江苏省主席，当年日伪江苏省政府就设在苏州。1979年我从新疆回苏州，临顿桥上李士群的题字和名字还在，不禁哑然失笑。"文化大革命"毁了那么多珍贵碑刻、名人题词，而李士群的题字和名字竟安然无恙地留了下来。

1937年父亲买的房子，在临顿桥南堍，坐西朝东，面对临顿路，屋后是南西北三条河道交汇出的一片水面，有两个篮球场大，这水朝东沿着我家北墙的石驳岸，穿过临顿桥洞流往城外。坐在房子里间西窗下望出去就是明晃晃的水面，舞台一般，戏码不断：早晨，飘来郁郁的臭，农民进城装粪的粪船上场，敞着，快齐船舷了，船晃，粪水也晃，啪嗒啪嗒，溢出船舷，一缕淡黄，濡染入水。粪船过后，临河人家的菜照洗，米照淘。每天下午4点光景，是染坊放水的时候，从南边河道流来，整条河或黄、或红、或蓝、或赭、或绿，甚至一片五色斑斓，流进"篮球场"，向东一拐流出城去。老虎灶上堆得高高的砻糠船来了，撞上石驳岸，砻糠滑坡，河面上铺了一层黄金屑。平时船来船往，有到这片水面来罱河泥作肥料的,有吆喝着鸬鹚来捉鱼的。如果是夏天,有摇着小船沿河叫卖西瓜的,唱着梦悠悠的调子"阿要买西瓜啊……"

临顿桥附近这一段河道也就三四米宽,两侧临河人家,打开后门多半有石级可以下到水面。因为河道窄,只能单船过,所以要从桥下过的船,船家就得人立船头,手握竹篙,朝着桥洞喊去:"来船松摇!"让来船慢点儿摇。对面有船就得呼应。一般是近桥的船先过。有时候堵船,就得排着等,吵架也是常有的事。这又是一台戏,看客挤在桥栏边,低头弯腰看着下面。有道是"苏州人欢喜轧闹猛(凑热闹)",也确实。看客们一般都很投入,好管闲事,有的劝架,有的主持公道,有的当起"交通警"指挥船只。有一回,一条船的船身宽了点儿,正好被驳岸上一块朝外凸的石头卡住,过不去了。船上的三个男人脱了衣服,赤膊短裤跳到水里,憋红了脸拼命想抬起船的一侧,好让船侧着点儿过,可是不行,力道不够。桥上的看客七嘴八舌出点子,给他们打气。一个看客见后面有好几条船在等着过,就朝那几条船喊道：你们下来几个人，帮一把，要不你们的船也动不了！那几条船上当真也赤膊短裤下来三个男人，过来一起抬，看客们唷唷地喊，我也跟着喊，船的一侧终于抬起来了，船过了。

这都是临顿桥留给我的童年记忆。1956年我离开临顿桥北上读书，毕业了又去新疆，再回到临顿桥是1979年。我们的房间在楼上，北墙下就是河。有天夜里，我还在灯下，突然听到窗外传来一声"来船松摇"，真有"一声何满子，双泪落君前"之感。1989年我移民来美国，5年后回去，临顿桥已经不在了，苏州的河也少了，"人家尽枕河""水巷小桥多"都成了历史。

（2013年1月13日）

前世今生

鲜于筝

还乡50天，匆匆一瞬间，已到了赋归的时候。除了前后花近半个月时间到惠阳、南京看我姐姐，我都待在苏州，看牙医，离不开。妻子去了四川，我一个人在苏州，隔三岔五和苏大朋友、中学同学，还有以前教过的学生聚聚聊聊。但毕竟独处的时候多，正好一个人静下来，高兴出门转转，不高兴旧书看看，难得这份清闲。不料"独处"的结果是"触处"生情，怀旧之情。看着眼前的苏州，想起旧时的苏州，两个苏州，前世今生，隔着时间的河流，遥遥相对。

每天清早我总喜欢到附近菜场走走，买两个煎饼回来当早点，高兴的话再买点儿菜，冬瓜炖家乡肉、炒茭白都是我喜欢的，也许什么都不买，就是转转看看。前两年在菜场门口遇见的卖锡箔、元宝、冥钞的满头白发的老婆婆还在，冥钞有美金，弗兰克林头像，有港币，有人民币，面值十万百万以至十亿！发钞的银行是"世界通用银行"。就在菜场附近还有一家纸扎店，那天经过，门口放着一幢扎好的三层楼房："九泉之家"。小时候我们家不远处也有家纸扎店，也扎房子，不过不是洋楼，也扎人，只是童仆丫鬟。每天从菜场回来，这时候就能遇上一个慈祥的老头儿，推辆自行车停在人行道旁，自行车上安了铁架，左右各三层，放六个钵头，里面是酒酿。不时有人来买，5元一斤，我买过两斤，他也不用秤，舀到塑料袋里，再舀上汤，系紧，外面再套个塑料袋。我说，这有一斤吗？他笑了：不会少的。我也笑了。今生遇到了前世，前世走进了今生。

我中学的同学，也都是老人了，谈起，他们都很少上街了。苏州市有220万辆私家车，城区（现在叫姑苏区）有近百万辆，还有数不清的摩托车、电瓶车，风驰电掣。这些车辆把苏州的舒缓宁静掐死了。于是想起了旧时的自行车、三轮车、黄包车，再早一点儿的马车，乃至骑着驴儿上虎丘……

观前街，最阔气的商家店面是"老凤祥银楼"，飞檐栏杆，巍巍三层。观前街正中玄妙观斜对面旧时有家"东来仪"文具纸张店，店堂进深，专卖文房四宝。小时候，被父亲带进"东来仪"，大气都不敢出，笔墨纸砚自有一种神灵威严。现在，"东来仪"换了店名在卖时装了，"东来仪"还有，撤到楼上了。我从时装店靠壁的楼梯上去，静悄悄的，文房四宝依然在，只是没了顾客。我买了一瓶曹素功墨汁，看了几眼毛笔宣纸，送上我的敬意。有凤来仪，"老凤祥"压倒"东来仪"，金银财富压倒笔墨文化。

挨着观前的光裕社，也许是苏州最后一家评弹书场了，我找了个下午去听了一回，5元门票，带茶，而一张电影票有卖到七八十元的。书场上三四百人,几乎都是老人,这是属于他们的世界,是从前世大街延到今生的窄弄。夫妻档,说的是"戴汪之争",改编《色戒》的故事,粗糙至极。但男的说、表、唱都很好,女的身材高挑,面貌姣好,可惜声音不亮,说、表也一般。男的灵活,噱头十足。两小时书说完,不像早先的说书人,说一声"明日请早"掉头下台,而是站在台口和观众道别相送。评弹这种艺术形式用来说现代书没有也不可能成功,它依附于前世。

在苏州这些日子里,我一直没有去园林,游园林最忌人多杂沓,意兴全无。直到后来,泉州的一位中学同学特意来碰头,于是约了几个人在"艺圃"茶叙。"艺圃"是小园林,一般游客不到,又地处深巷,很难找。"艺圃"曾是文徵明的曾孙文震孟的住宅,清代诗人汪琬有诗道:"隔断城西市语哗,幽栖绝似野人家。"果然游人稀少,六七个男女学生在面临荷花池的水面厅写生。水面厅也是茶室,我们六个人围坐一桌,一池之隔,望出去对面假山、小楼,别有天地。我们叙旧闲话,都懒得谈国家大事,像是坐在前世的苏州,不想用今生来搅局。

(2013 年 10 月 27 日)

一对夫妻的真实故事

鲜于筝

他们都不到 30 岁。她是个初中教师,圆脸长辫,即使颦眉蹙额,颊上也有两个浅浅的酒窝,像是浮在水面的两朵睡莲。他本是旧家子弟,天生的书卷气,擅书法,解吟哦,但偏偏学的是数理,在师范学校教数学。他们组成了一个宁静的小家庭,尽管外面的世界正颠风狂雨,一个运动接一个运动。

他们有一张双人大书桌,对面而坐。书桌中央,笔筒、砚台、墨水瓶……排成一列,他说,"这是我们的楚河汉界。"晚上,各据一方备课改作业。备课上有什么疑难,她就问他。学生的作文里经常出笑话,她就把本子递过河界,也让他一笑。到一定时候,她就起身冲两杯麦乳精,于是相对而饮,说些闲话,或者什么话都不说,只是彼此相顾微笑。她的酒窝在灯影下若浅若深。

他们都很细心,有条理,书桌上总是收拾得整整齐齐,彼此也从不去翻对方的东西,怕翻乱了。有个晚上,男的被同事叫去探望生病的老先生,匆匆出门,书桌的抽屉没有关拢。女的过去推上,就在推上抽屉的刹那,一眼瞧见了四五本笔记。她听到自己心跳的声音。一本本翻开来看,都是些读书笔记、备课笔记、工作笔记……但也翻出了一张夹在本子里的存折,有3000元之巨。他哪来这么多钱?为什么从来没有听他说起过?她把存折依旧夹进本子,放好,推上抽屉。她觉得心里很荒凉。

次日,她跟自己最好的朋友悄悄提起这件事。朋友说："你问他去啊!"她摇摇头："怎么出口呢?"朋友瞪着她："怎么出口?他是你什么人?要不,还有个办法,你把存折藏起来,他自然会来找你。"她反倒笑了："那怎么行?再说,他也不见得会来问我,我知道。"朋友叹一声:"搞不清你们是怎么回事。"

她终于一声都没有吭。他们照旧各据书桌一方,改作业备课,照旧说些闲话,照旧冲麦乳精喝。只是有一回,灯下相顾,彼此发现好像有什么话正在对方唇间挣扎,于是几乎同时问:你要说什么?结果双方一笑,于是几乎又同时问:你笑什么?

他们侥幸地从20世纪50年代走进60年代,"文革"来了。这一回男的没有逃掉,出身不好,又有亲属在台湾,大字报上说他朝也盼晚也盼就盼着蒋介石反攻大陆。他被关进了牛棚。她每星期去看他一次,带一些替换衣服,带半条烟,他是在牛棚里学会抽烟的。有一回探望的时候,他悄悄跟她说:"书桌抽屉的笔记本里有张3000元的存折,放好了。""哪儿来的钱?"她问。"10年前,托人把老家留下的一处房子卖了。""我从没有听你说过。""我是给我们的孩子存下的,一直想等有了孩子再告诉你。"她埋下了头:"其实,我早知道这存款了,我……"他笑了:"我知道你知道,你把存折夹错了地方。""那你为什么还不跟我说?""我一直在等你问我。""我怎么会问你呢?说你背着我藏私房钱?""你不问我,我怎么好说呢?说你偷偷翻我的东西?"她抬起头,笑了:"你啊!"那两朵睡莲湿湿地闪着光。但她没有告诉他,他前脚进牛棚,后脚就来了一帮人,将他抽屉里的东西统统倒进纸箱拿走了。因为她觉得这些已无关紧要。

(2008年4月5日)

驴　话

鲜于筝

据说家乡苏州早先观前街一带有租驴以代脚力的。春日上虎丘，雇一头驴，嘚嘚于七里山塘，水面风来，陌上花开，让你醉倒驴背。可惜我小时候街市上已不见驴踪，辘辘奔走道路的早是黄包车了。而我见到的第一头驴则是我们家备弄出来街对面豆腐店里的小黑驴。小黑驴每天下午三四点钟就被拴在店前的电线杆上，大概是放风，这也正是我放学的时候。于是每次总要在它身边逗留一阵,有时忍不住撩拨一下:用小石子丢它的耳朵。有一回竟用捡来的竹枝攻其尾部,没料到小黑驴张嘴掀鼻,盎盎长鸣,我吓得辟易道旁。老板娘跳出店门骂我"小赤佬"!路边一位老人说,别造孽,你欺它哑巴?前世还不跟你一样是人!我失魂落魄地回到家,晚上问姑婆:驴是人变的?姑婆说,前世造孽,今世就投胎变牛、羊、驴、马,报应!从前有个盐贩子,赶驴跑长路,嫌驱走得慢,一顿鞭子。谁知挨了打,驴反倒不走了,对着盐贩子淌两滴泪,口吐人言:我是你死去的爹!我听得目瞪口呆。从此对驴倒平添了几分敬意。每次经过总为它殷勤驱赶营营眼角飘之不去的苍蝇。驴的眼睛大而秀气,双眼皮、长睫毛,出自天然,非假人工。偶尔眼睛一眯,说不上秋水盈盈,自有一抹夕阳迟迟。

那是三年困难时期的最后一年,正在大学念书的我,走出校门到京郊昌平锻炼两个月。十三陵往里四五十里地,有个村子叫黑山寨。这地名听起来月黑风高,上得《水浒传》,其实该进《西游记》,是花果山。去的时候,杏已落市,但山坡杏树上偶有遗留的红杏、白杏吊在枝头,红颜寂寞,独坐妆楼,不胜哀怨。梨和胡桃都还是情窦未开的青疙瘩,穗状的栗子花如流苏璎珞,蒙茸一树。我们分小组住老乡家,每天跟他们一起出工。自己做饭,吃的是让农家大婶羡慕不已的商品粮咖啡色的杂合面。开门青山,烧柴不愁。难的是吃菜,几乎每星期都得出山到长陵去买一次菜,往返一天。生产队将一头健壮的驴拨我们使唤,一副荆条编的驮子好装菜,驮鞍上铺棉垫好坐人。一组人轮流出山,轮到我是个阴天,包了干粮备了草帽,带一把镰刀防身。上长陵怎么走?队长说:驴识路。清早出发,那驴驮着我悠悠晃晃踏上苍翠山路。走到一段傍陡坡临深沟的山道,驴好踩边,走外侧,万一失蹄,不堪设想。我吆喝,它不理会,我使劲往里拽缰绳,它索性站定了,眼睛一眯一眯,我真怕它也来个口吐人言。毫无办法,只有服输,转而一想,驴有驴道理,岂是我辈人能参透的?随它走!我只管看我的山景。近晌午,眺见红墙黄瓦此一处彼一处掩映于苍翠之间。

长陵到了，先将驴拴路边树上，取出驮子里的草料来喂。我则倚着树啃我的杂合面窝窝头。想起唐传奇中虬髯客"以肉饲驴"的豪气，于是在自己的窝窝头中似乎也嚼出了早已忘了的肉味。集市上转一圈，买妥菜，已近两点，呼吸到雨的气息了，赶紧往回走。中途飘起了雨丝，草帽扣在头上，想起陆游的诗"此身合是诗人未，细雨骑驴入剑门"，惆怅得在驴背上都直不起腰来。四围的山色经雨一淋，湿绿沉沉。回到黑山寨，山寨已断黑。

没有料到一年以后，命运把我抛到了毛驴之乡——新疆。据顾炎武考证，驴本产于塞外，先秦入中土，到汉代司马相如《上林赋》才首次见诸文字。在新疆，骑驴随处可见，特别是身穿夹袢头戴花帽的维吾尔老汉，坐在驴屁股上腰板直挺，小毛驴特精悍，毛色油亮，有缎子的光泽，四蹄捣动，如击手鼓，风情十足。驴车更是日常运载工具，辚辚辘辘，络绎道路。而且"驴"都成群结队地走进了市井用语：吊着脸叫拉长驴脸，大声喊称作驴叫唤，风流汉子被喻为叫驴，骚情婆娘则嗤作草驴。凡是不称心不乐意的事都可以"驴"一下。

有一回看露天电影，人挤人，大概是谁被人踩了，只听一声"驴叫唤"："哪个驴球瞎了驴眼，驴蹄子胡倒腾。驴日的！"一到毛驴之乡，狗得让位于驴，"狗日的"也就成了"驴日的"。不过"狗娘养的"倒没有变成"驴娘养的"，而是成了"驴抬下的"，"抬下"的意思，你也懂。

古代笔记说部中随处可见驴踪。叫人为驴抱屈，这助人良多的驴怎么落了个"蠢"名，而且成了骂人字眼儿？最早遭殃的说不定是出家人，至少明人的小说里已将和尚骂作"秃驴"了。在这方面西方人不遑多让。希腊神话里迈达斯王得罪了阿波罗，阿波罗竟让他长一对驴耳。在西方，涉及驴的寓言、谚语、俚语可谓一箩筐，驴始终是嘲笑的对象，非蠢即犟。其中给我印象最深的，还得数14世纪法国哲学家布里丹那则众所周知的寓言：一头驴在两堆干草间转来转去。不知先吃哪堆好，终于饿死拉倒。

前些年，在百货公司曾见一位翩翩公子陪一位靓丽淑女买鞋，女士对着两双鞋拿不定主意，不停地问男士：

你说哪双好？你说嘛。男的是个聪明角色，摸出皮夹道，有什么好选的？两双都买了。女士嫣然一笑。人毕竟比驴聪明。

(2015 年 4 月 18 日)

四 姐

鲜于笋

在我闯到这世上之前,四姐已是我们家的女佣,江南称"阿妈"。四姐身体壮实,有一双厚实的手,一对稳当的大脚。四姐脸上总带着点儿憨厚的笑,你永远猜不透她究竟在笑什么。有一回我听好婆跟她说:"四姐,还是找个男人,做孤孀到底苦。"四姐依然带着笑。那时四姐也就40岁出头。

江南春天雨水多。我念小学一二年级时,牵着姐姐的手上学，遇上下雨则由四姐接送，这是求之不得的。四姐驮我在背上，一只手在后面托着点儿我屁股，一只手撑伞，我两只手围住她脖子。四姐的背厚实，山一样，撼不动。这天春雨绵绵，四姐驮着我，我的嘴正贴她耳边，我悄悄问："四姐，啥叫孤孀？""没了男人的女人。""你是不是孤孀？""问这些做啥？四姐命不好。"但四姐脸上还是笑着。我出手轻轻摸着四姐脸上的笑纹。

当年我们赁屋而居，住的宅院据说是清末官宦人家的私第，洪杨乱起，主人阖家殉节，吊死在后园。是真是假就难说了。我小时候临街已是一家气派的、字号"天泰"的布店。往里是花厅，后面有四五进房舍，彼此关断，出入有备弄，长可百米。

我们住最里一进，再往里，曲曲折折有七八处小屋，是好几家的柴房、厨房。最后是大园，园中央一棵桂花树，枝叶扶疏，亭亭如盖。大园一角是天泰布店的弹棉花房，平时空关，入秋启用。弹花师傅50岁光景，瘦瘦高高，背着弹弓，弯成一只虾，棉花槌敲击弓弦，崩崩崩，声韵颤巍。师傅身上沾满飞絮，像条刺毛虫，大家叫他毛师傅，他本姓毛，就睡在弹花房，忙的时候要开夜作。

这一年秋，毛师傅来了。四姐在厨下忙碌时，毛师傅会放下手里的活，穿过园子来攀谈，有时还帮着打井水。大人叮嘱了：四姐和毛师傅一起时别缠在跟前。但放学回家，遇上四姐跟毛师傅在园子里攀谈，我就忍不住偎到四姐身边。四姐问毛师傅："一个人住园里，不怕？"毛师傅说："就有一次，半夜了，弹完一床棉絮，到园子里透透气。忽然见月亮地里有个人影在桂花树下踱步。我就一声喊：'啥人？'那人不睬。我仔细一看，乖乖，顶戴花翎，马蹄袖袍服……就是脸看不清。我腿都软了，嗓子也哑了。看着这影子踱出园门。"我吓得尖叫，头直往四姐身上埋。"还有一回，"毛师傅又讲了，"中秋夜，赶完夜作睡下，蒙眬了一阵，突然满屋子银光耀眼。天亮了？我起来推开窗子，一看呆住了。一条龙，雪甲银鳞，把园子舞成了个水晶宫。"毛师傅一直看着四姐，四姐始终笑眯眯地听。

临近中秋有几天闷热，民间称"木犀（桂花）蒸"。那会儿夜里四姐带我睡，近半夜，叫醒我起来小便，怕我尿床。四姐还没睡，倚在窗口，晃着蒲扇，房间里弥漫着暖洋洋的桂花的甜香。后园隐隐传来崩崩的弹花声，空灵挑逗。我趴到窗口，崩崩，崩崩，天上的星星被"崩"得乱抖。四姐说："毛师傅还在做夜作呢！"

中秋夜，吃了月饼，天井墙高看不见月亮。小姐姐说："敢不敢到大园去看？""去，有什么不敢的！"我们踏着小步往后园去，后园的门从来都是开着的，望进去荧青乳白，别一番光影的世界。桂花香扑鼻而来，浓得拨不开。园子里传来草虫的吟唱，依稀还有说话的声音，摇曳着，荡漾着，闪烁着。我们有些发怵，站定细细地听，是两个人在说话。姐姐先听出来，悄悄道："四姐！"我也辨出了另一个声音："毛师傅！"这就不怕了，但我们没有闯进园去，只是挨着园门张望。毛师傅和四姐坐在两张小竹交椅上，中间一张大方凳，放着茶壶茶盅，一个盒子，想来是月饼。月光照在他们脸上，光影淡淡，脸就像浮雕一样，我甚至能辨出四姐脸上浮雕的笑。

第二年春，四姐笑嘻嘻地跟全家告别，和毛师傅在北寺塔附近安了家。后来迁居外地，没了音信。"文革"后期，小姐姐回苏州，想起到北寺塔附近转转。竟见了四姐，坐街边看管自来水龙头呢。要说年纪四姐也就60岁出头，可头发全白了，小姐姐说，人也瘦，我上去问："你可是四姐？我是小妹，宣家的小妹，还记得吗？"她看了小姐姐一阵儿，点点头，没说话，问她啥时回来的，也不说，迟钝了。小姐姐给了一些钱，四姐收下了，没有言语。第二年我回苏州，也去了北寺塔，水龙头上换了个老头，一问三不知。也好，让四姐在我心里永远带着憨厚的笑吧，我喜欢。

（2013年9月8日）

帖　缘

鲜于筝

小时候，每天早起就得和"文房四宝"打交道。最初是描红，"上大人孔乙己化三千七十士……"往往连自己两片嘴唇上的"红"都给描了。七八岁开始临帖，父亲称之为"临池"。那时候最流行的字帖是颜真卿的《多宝塔碑》、柳公权的《玄秘塔碑》，所谓"颜筋柳骨"。我临的是《玄秘塔碑》，父亲不想我学颜字。因为我大哥学颜字结果被镇在"多宝塔"里出不来了，连钢笔字都木僵僵地板着脸给你看"颜"色。我每天早起爬"玄秘塔",日复一日,月复一月,"唐故左街……"都能倒背了。遗憾的是,写出来的字却是肉多骨少,就是卫夫人所谓的"墨猪"。父亲倒很宽容,指着客堂中那副"人得清闲方是福,事非经过不知难"的对联,对联的落款是"武进唐驼",说:唐驼这一手字就是苦练出来的,练得背都驼了,所以自称唐驼。我心想,我不会写字也不要背驼。一本《玄秘塔碑》临了三四年,破破烂烂,快"临"终了。父亲决定给我买本新帖。

那是旧历新年,父亲带我到玄妙观卖字帖的小铺子里,让我自己选一本。我就一本一本翻着看:"唐故左街"早写腻了,欧阳询的《九成宫》?骨棱棱,怕学不好;赵孟頫的字有些中意,可惜这"頫"字我认不得……"何绍基的字写得不错。"父亲指着一本字帖说。但我却看上了挨着何绍基的陆润庠:"就要这一本,陆润庠的。"父亲看了看我,没有言语,买下了。父亲大概有些不解,怎么挑上陆润庠?说来也简单,因为我从小就听说过不少苏州陆状元的故事。陆润庠并非大书法家,自然状元郎字是写得很漂亮的，透着几分江南的旖旎和妩媚。陆状元这帖是录写袁中郎的《晚游六桥待月记》。"……湖上由断桥至苏堤一带，绿烟红雾，弥漫二十余里，歌吹为风，粉汗为雨，罗纨之盛，多于堤畔之草……"以笔作舟，游了三四年"西湖"，直到初中毕业。

初中二年级时，还买过一本小楷字帖。那时，初中年级有习字课，每周写大楷两页，小楷一页。同学中很少有小楷帖的，写小楷就抄课本。我就怕写小楷，尤其是碰上笔画繁复的字，要将它写进小小方格，无异要我驱虎入柙，笔捏在手里都发抖，终于出格，拍桌懊恼。有一回父亲检查我的小楷本，发现我将笔画复杂的字或腰斩或从顶门锯开，塞在两个格子里，"响（響）"字腰斩为"鄉""音"，"翻"字锯作"番""羽"，甚至五马分尸，"赢"字被分作亡、口、月、贝、凡，占五格。父亲第二天就给我买了本字帖：《云塍小楷》（高云塍，1872—1941，浙江萧山人，是当时中华书局旗下的著名书法家），写的是嵇康的《与山巨源绝交书》。这本字帖临了近一年，意思不甚了了，往往读不断句。

但像"头面常一月十五日不洗，不大闷痒，不能沐也。每常小便而忍不起，令胞中略转乃起耳"这些地方，还是读得懂的。特别是"令胞中略转乃起耳"，自己竟和嵇康一个样，每次写到这里总要会心一笑。

到初三，"临池"生涯告一段落。此后几十年就很少碰毛笔了。20世纪80年代初，我调回苏州的第三年吧，出人意料，收到一张苏州博物馆的通知，说是为落实政策让我上博物馆去领回一件"文革"初期上交的"四旧"文物。我还以为是当初收走的一轴袁枚的画，第二天去了，一看，竟然是唐驼的那副对联，四根轴棍都已撕掉，整个儿残了。"就这个？"我问。"就这个。"博物馆的人说。唐驼劫后归来，"驼"且不论，胳膊和腿都没了。

移民来美国时，我买了4本《三希堂法帖》收拾进行囊。妻子大不以为然："带字帖干什么？"我也有些茫然："不干什么，就是想带，总有用。"这几年遇上心头不畅，就坐下来看字帖。在一页页黑底白字里，在那些悬针垂露、铁画银钩、折钗股、屋漏痕，在那"侧勒努趯策掠啄磔"中看出一幅幅画来：曲曲黄河、巍巍泰山、云横紫塞、星临金阙、崩崖坠石、古木苍藤、兰亭修竹、苏堤弱柳……心也就宁帖而舒坦了。

（2013年12月22日）

龟 友

鲜于筝

苏州有座神仙庙,神仙是吕洞宾。农历四月十四神仙生日是苏州的民俗节庆,市井小民都到神仙庙去烧香"轧神仙",说是那天吕洞宾会化作讨饭叫化子混迹人群,就怕你有眼无珠。庙会集市,热闹非凡。有卖五色神仙糕的,虎丘花农挑来了各色花卉,还有就是卖乌龟。神仙庙里买个神仙乌龟回家,福寿延年,大吉大利。我念小学四年级那年,父亲买回来个神仙乌龟,养在天井里。

我们家天井不算小，有井台，有花坛，花坛上一丛月季，像大家闺秀，沿墙根尽是些闹嚷嚷的丫头片子，什么凤仙花啊，夜蓓花啊……西墙角有一株从不开花的枇杷树，披满金银花、喇叭花的绿藤翠蔓，夏天一到，金银花举起金盏银盏，喇叭吹出一片缤纷。

乌龟有巴掌大，刚来的几天，不知躲在天井哪个角落，不见面。第四天，四姐——我们家老阿妈，从菜场上弄来几条小鱼秧放在碎瓦片上，它终于现身了，一对小绿豆眼乌亮乌亮的，暗黢黢的脖子上蜿蜒着沁凉碧绿的脉纹。它的头朝小鱼一捣，鱼已叼在嘴里，立即又缩进壳里，一动不动，大概不愿意有人看它吃东西。

我识相地退到一旁。它这才伸长脖子，将小鱼慢慢吞下肚去。我发现乌龟壳的前端钻着个小洞，就跟姐姐说：我们就叫它洞洞。姐姐说洞洞不好念，叫冬冬。

四姐隔上两三天就带几条鱼秧回来。两个月喂下来，冬冬不再藏头缩颈了，大方地叼住小鱼，仰起头从容吞下。有一回我用筷子夹了只小虾蹲在天井里随口哼唱："冬冬，冬冬，冬冬冬……"没想到冬冬真从墙角的缸坛旮旯里爬了出来，爬几步停一下，仿佛在踌躇，同时昂起头，像是在听，我激动得像啦啦队员一样使劲地喊。冬冬爬来了，在离我两尺之地停下。我将小虾放它跟前，它照旧咬住，仰头，从容吞下。

冬冬喜欢下雨，只要是雨天它准出来，不是在天井里曳尾逍遥，就是昂首望天，陶塑石雕一般。四姐说："乌龟在想心事了。"我笑四姐："乌龟有什么心事？""乌龟和人一个样，只是说不出来，千年乌龟才能说人话。"四姐还说过乌龟和枇杷树和凤仙花跟人都是相通的！我不信。但我知道乌龟和人一样有脾气，而且倔。有一次我把冬冬叫到跟前，拎起小鱼的尾巴在冬冬头顶上晃悠，将它的脖子吊得老长，还用小鱼蹭它鼻子，但就不让它够着。我想逗它站起来，像画上的乌龟一样站着走。冬冬站不起来，过了一阵儿，它缩回脖子，瞪我一眼，笨拙地转身走了。冬冬生气了。我赶紧将小鱼放它眼前，它竟不睬，绕开了。我再放，一连好几次，冬冬才捣头一口，总算消了气。

冬冬喜欢高卧在枇杷树下，也喜欢悄然归隐凤仙花丛，只是花坛它爬不上去。冬冬和枇杷树和凤仙花一定有着我猜不透的关系。我差一点儿有些相信四姐的话了！到秋天，我和冬冬已称得上"莫逆之交"了，都不用叫了，我只要站到天井里它就会朝我爬来，甚至爬上我的脚背，我一抬脚，它大翻身掉下去，接着又爬了过来。快到冬至的时候，冬冬不见了，怎么也叫不出来。姐姐告诉我："冬眠了。"这让我惘然。

第二年，天井砖缝里的草芽萋萋绿了，冬冬还不见出来！一直到农历二月二十八，那一天是所谓的"老和尚过江"，达摩渡江的日子，照例夜里开始就凄风苦雨。早晨我在客堂外台阶上刷完牙，转身进屋之际，蓦然瞥见冬冬正昂首引颈在枇杷树下，陶塑石雕一般，长长的脖子还真像独立风雨一苇过江的老和尚。我大声喊："冬冬，冬冬！"冬冬听见了，挪动身子朝我慢慢爬来了！我抄起一旁的箬帽，顶在头上跳进雨里，我眼泪都出来了。我认得冬冬，冬冬也认得我。我一手抓起冬冬，冬冬没缩头，我将它举到眼前，仔细地看，它也在仔细地看我,乌亮的小绿豆眼,有孩子的活泼,又有老人的慈爱。冬冬是孩子,也是老人。

我和冬冬总共相处了4年,念初二那年冬天,我们搬家了,搬到临街枕河的房子。"冬冬怎么办?"我问。"没有天井,带不走了,留在这里吧。"父亲说。"可以养在缸里。"我喃喃道。父亲没有回应,也许根本没有听见。其实即使父亲同意也带不走,冬冬正冬眠,而我始终找不到冬冬冬天藏身的地方。连告别的机会都没有。我们,我和冬冬,就此分手了。如今一甲子都过去了,如果能再见到冬冬,它还能认得我吗?

(2013年2月17日)

哭泣的老母亲

陈 九

第二天就要回美国了,三周的中国之行的确短了些,很多老朋友新朋友才知道我来,刚要表示表示,人却要离开了。告别是人生中的一件大事,说实在的,它比久别重逢还重要,告别是一种仪式。

很多人都要送我去机场,可我坚持自己走。虽说我这个人感情兮兮的,有点儿疯疯癫癫,可不知为何,我不喜欢临别时缠缠绵绵的场景。怕看到别人湿润的眼睛，也怕别人看到我哭泣的面容。这么大岁数了，把一份似水柔情隐藏得越深越好，像当今人类苦苦寻觅的石油和天然气，那一定是亿万年前神仙们生离死别的泪水凝聚而成。深藏方可传世，轻易挥洒倒不值钱了。

可绕来绕去，还是绕不过朋友的一片热忱。离开的那天早上，手机响起。一位在中央戏剧学院任教的老朋友说，他就在楼下等着呢，已经等两个小时了，估计我快要下楼才打电话。我心头一热，忙说，"好好，我这就下去。"

行李装上车，年近八十的老母亲非要与我同行，送我去机场。她二话不说打开一扇车门上了车，坐在那里一动不动。我坐在她身边，握起她一只手，我感到那只手有些冰冷，有些颤抖。出国几十年，来来往往，还很少看到母亲这个姿态。

机场大厅人影纷乱。朋友在外面等候，他对我母亲说："伯母，您进去吧，别急，我就在这儿等您。"走了几步我回头，他还在那里向我挥手。我笑笑，算是告别。

在走进安检门前的瞬间，我对母亲说："妈，我走了，您快回去吧，他们不让您进去的。"以前我回美国时，在这个时刻这个地点，都会对母亲说同样的话。每次说，她都默默地望着我，望着我走远，消失在人海之中。这次我想她还会一样，默默地望着我远行。可是，当我转身刚要跨入安检门，只见母亲扑上来一把抱住我，呜呜地哭出声来。我一惊，紧接着也抱住母亲矮小的身体。妈妈，我才意识到，我已经多久，多久多久没拥抱过您了。母亲断续地说："妈妈老了，常回来看看我。"

安检门很窄，等待的队伍很长。没人吵我们，直到我们彼此松开手。

（2007 年 5 月 26 日）

三过六榕寺

梅振才

五十年间,我三访广州六榕寺,见证了佛门的一段兴衰沧桑史。

1957年,我尚是一名初中生,趁暑假从台山到广州一游。我好探奇览胜,故先去千年古刹六榕寺。但见一座绿瓦灰砖的寺庙,大门之上挂着一块横匾,上刻宋代苏轼所题"六榕"二字。两边有一副楹联:"一塔有碑留博士,六榕无树记东坡",说的是王勃和苏轼与六榕寺的因缘故事。当时寺庙被视为封建迷信产物，故烧香拜佛者并不多，来的多是游览和休憩的人。我坐在那枯残的老树下，想起"博士"王勃所写的塔碑、苏轼所见的六榕，倏忽千年，而今安在？触景生情，有感而歌：

　　苏匾王碑历几朝？我来古木半枯焦。
　　心随清磬参三昧，意逐香烟探九霄。
　　举目衣冠皆璀璨，低眉褴褛独萧条。
　　殿前信步徐翘首，花塔云头掠大雕。

这是我的第一首七律习作，当时才14岁。父亲是语文教员，看到此诗后，赏我一句："孺子可教！"父亲的鼓励，令诗词文学成了我毕生的挚爱。也正是这首诗，让我保留了少年时代游六榕寺的记忆。

十年之后，"文革"风暴骤起。我当时还是北大学生，乘"大串连"之机，到各地游山玩水。但在一场"破四旧"运动之后，名胜古迹惨遭浩劫，几成残山剩水。

途经广州，想起六榕寺，不知已被糟蹋成何许模样。于是重临旧地，凭吊劫后凄凉。原来的路名六榕路，已被红卫兵改为朝阳路。大门口那副脍炙人口的楹联，已被砸烂。寺门虚掩，我溜进去，寂无人声。偷瞄大殿内，那些佛祖菩萨皆东倒西歪，断头缺臂。突然，我听到一间禅房有些响声，进去一看，见到一中年汉子在堆叠一捆一捆的纸袋。我轻声询问："师父高姓大名？人都到哪里去了？"他看着我，可能判断出不是红卫兵，柔声答曰："在下云峰。寺中僧人有的还俗，有的遣返原籍，如今只剩下二人。"他凝视着寺中的一片狼藉，不知是对我说，还是对自己说："世道循环，衰久必旺！"后来我才得知，他原来是一位高僧，佛教界的领袖人物，曾担任六榕寺住持多年，1983年圆寂于六榕寺中。

岁月如梭，转眼双鬓似雪。去外国多年，虽曾回乡多次，但每次皆行色匆匆，总是无暇三访六榕寺。直至去年深秋回广州开会，才抽空一遂夙愿。朝阳路早已恢复六榕路旧名，如同全国各地的名寺古刹一样，这条路上的佛具用品商店成行成市，车水马龙，熙熙攘攘。

现在寺门挂的那副名联，是由广州书法家秦咢生补书的。寺内人山人海，有在大殿中叩头礼佛的，有在花塔前烧香祈愿的，有在树荫下吃素品斋的……看今日香火鼎盛，不由想起云峰住持当年所言，岂止是"衰久必旺"，简直是"更胜前朝"。

六榕寺和很多名刹古庙一样，在漫长岁月中，多次浴火重生。命运莫测，人生无常，常令众生寻求心灵慰藉和精神寄托，这也许是佛堂香火延续不断的原因。然佛教的兴衰，与执政者的宗教政策有绝大关系。而今国内对宗教日渐宽容，宗教不再被视作"精神鸦片"。

（2011 年 4 月 18 日）

寂寞桂林公馆

顾月华

美食文化近年常被人提倡，有品味的美食最需与文化结缘。其实美食也最难与文化牵攀。小时候曾去黄家花园玩，后来知道父母在秋天喜欢与朋友去那儿赏桂，现在改名桂林公馆，带着忆旧情愫，定下了这间公馆的饭局。

想去桂林公馆，也是幼时听了太多黄金荣的故事，他本是沪上传奇大亨，蒋介石的师傅，1931年他在上海西区建成私家别墅桂林公馆,为中式古典园林建筑。庭院设计风格汲取江南私家园林的建造思路,但采用现代设计手法和材料。尽量保留现有大树,空间简洁而又不失典雅和休闲。

桂林公馆,是一片大隐隐于市的世外桃源,大门也许关着,你必得先推开丈二铜铸的大门,才可见"福、禄、寿、喜、仙"为主题的江南私家园林,这庭园内的"福"是禅意古寂的观音阁,据说在这佛堂底下以前黄金荣设有暗牢,藏有枪支;"禄"是鹿亭,其意为富贵珍惜;"寿"是园内假山石石公和石婆;"喜"是长长的喜廊,小小庭园内便有了皇家风范;"仙"是八仙过海戏台。另有一座院落名"四教厅",走进四教厅立时感到不同凡响之气势,"四教"是"文""行""忠""信"四字,取自《论语·述而》篇,其意为注重文典、德行端正、忠心竭力、诚实可信。在四教厅的门窗、梁柱上,刻有二十四孝图及三国和隋唐戏文,原来这个厅是蒋介石拜黄金荣为师时磕头的地方,昔日四教厅便挂有蒋介石的题匾"文行忠信"。

花园内庭园重重，幽径回廊，别有洞天，人们称道桂林公馆，春有百花秋有月，夏有凉风冬有雪。四季的更迭，历史的变迁，人生的跌宕起伏都能在这桂林公馆内依稀寻得踪迹。黄金荣是老婆当家，他老婆叫"阿桂姐"，也是风云人物，当年杜月笙成为嫡传弟子，便是受阿桂姐赏识。所以黄金荣在自己住的黄家花园里种满了桂花，这是为什么黄家花园现在叫"桂林公馆"的来历。

走进鸳鸯楼，便是餐厅茶室之地，其中包房十二室，而在其他独立楼房中，也有设席，如环水的般若舫还珍藏着黄金荣的花梨木烟榻和屏风。中西合璧的水中颐厅内，都有私密饭局，只限六人。而桂林公馆的私房菜又延续当年"不时不食"，打造"回味无穷"的高级私房菜班底，菜式主题以绿色健康养生菜系为主打，菜式特色又延续了桂林公馆五大建园主题："福、禄、寿、喜、仙"。"福"是口福；"禄"采用肚、参、鲍、翅等名贵材料；"寿"注重养生，用虫、草、松、茸；"喜"是甜点，有燕窝及陈皮、豆沙；"仙"是茶，在这高雅会所，茶的地位尊贵过饭。

公馆提供高级私房菜，只供应套餐。有粤菜、本帮菜和西餐，鲍鱼选自日本的吉品鲍，燕窝来自印尼，由于桂林公馆的桂花闻名于沪上，其中"桂花宴"以桂花之形、意、味、色做成美馔，为此处独创。

我们在一个有隔间休息室的厅中入席，大圆桌上放了十人的精致餐具，我打开宴会菜单，共八道菜，餐前水果、精致前菜、黑虎掌炖猪腱汤、鲍汁鹅掌扣白灵菇、玫瑰盐烧澳洲牛肉、瑶柱扣娃娃菜、腊味煲仔饭、莲子红豆沙。下半段注明宴会主人、宴会师名字，我收了起来，留作纪念。

如今是普洱茶风行天下，桂林公馆亦致力于打造"妙不可言"的品茗班底。饭前，由桂林公馆经理替大家冲泡普洱茶，在他以熟练优雅的手势及姿态操作时，我不禁感叹这壶茶真是喝来不易。他是美国的海归，读过金融及法律，中英文同样流利，又能说沪、粤语，他一边沏茶，一边耐心介绍普洱茶的功效，使我们在等待中一面品茶，一面欣赏满室的观音菩萨佛像，件件都是精品。

饭后，走出鸳鸯厅，又见水中颐厅，通往颐厅有一道铁门上了锁，有人说这是阿桂姐住的地方，虽然她在黄家花园内如日中天，但我却目送着这道弯弯曲曲的桥路，在尽头矗立的这幢楼房，住在这里的主人，虽然尊贵，却一定寂寞，正如桂林公馆，正如那八道菜，每一道都非常尊贵，非常寂寞，几乎在无言中我们吃完了这顿饭，活色生香，妙不可言，寂寞无边。

大桌上一只大缸，水中飘着几朵玫瑰，还有一只可爱的绿色小乌龟，它还在爬动着，等候下一个宴会的主人。

(2015年8月1日)

已出版图书目录

一、精品栏目荟萃

《副刊面面观》

《心香一瓣》

《纽约客闲话精选集 一》

《多味斋》

《文艺地图之一城风月向来人》

二、个人作品精选

《踏歌行》

《家园与乡愁》

《我画文人肖像》

《茶事一年间》

《好在共一城风雨》

《从第一槌开始》

《碰上的缘分》

《抓在手里的阳光》

本书所收文章,由于年代久远,有些作者难以联系,请见到此书的作者,与编者直接联系。谢谢。

编者邮箱:sat_238@hotmail.com